O ENIGMA DE QAF

Alberto Mussa

O ENIGMA DE QAF

2ª EDIÇÃO

EDITORA RECORD
RIO DE JANEIRO • SÃO PAULO
2013

Cip-Brasil. Catalogação na fonte
Sindicato Nacional dos Editores de Livros, RJ.

M211e Mussa, Alberto, 1961-
2. ed. O enigma de Qaf / Alberto Mussa. – 2. ed. –
Rio de Janeiro : Record, 2013.

ISBN 978-85-01-10113-6

1. Romance brasileiro. I. Título.

CDD 869.93
13-01181 CDU 821.134.3(81)-3

Projeto grafico: Regina Ferraz

Texto revisado segundo o novo Acordo Ortográfico da Língua Portuguesa.

EDITORA RECORD LTDA.
Rua Argentina 171 – Rio de Janeiro, RJ – 20921-380 – Tel.: 2585-2000

Impresso no Brasil

ISBN 978-85-01-10113-6

SUMÁRIO

Prefácio

Eis um livro de "elegantes mistérios", expressão com que Jorge Luis Borges brindou escritos que admirava. Numa combinação da maneira peculiar ao mestre com a arte árabe da narrativa, anuncia a saga do poeta-herói al-Ghatash, da tribo de Labwa ou A Leoa.

Delineia-se uma demanda, no caso, a busca de um poema, *Qafiya al-Qaf*, o Oitavo Poema Suspenso, de que al-Ghatash é autor. Não passando de sete os poemas inscritos em peles de camela e pendurados na Pedra Negra de Meca, a eles o narrador quer acrescentar mais um, de que parte à procura.

O rigor da construção e o discurso rarefeito complementam-se no entrançado dos elementos da estrutura, mônada que se reitera: a tripla unidade de entrecho + excurso + parâmetro, já de saída justificados pelo autor. O entrecho traz, como de hábito, o desenrolar da estória do protagonista, herói e poeta. Os excursos encarregam-se das narrativas secundárias. Os parâmetros ampliam para dimensões míticas o alcance da narrativa, com fábulas relativas a outros heróis. A unidade tripartite repete-se sem falhar pelos vinte e oito capítulos do livro, cada qual encimado por uma das vinte e oito letras do alfabeto árabe.

O jogo das epígrafes e dos títulos dos capítulos, com telegráficas anotações sobre a letra do alfabeto árabe que preside a cada um — nada disso é gratuito e sim minuciosamente tramado. Acrescente-se o desnorteio das raras notas de rodapé, informando que Dante Alighieri foi um plagiário, pois o périplo aos infernos da *Divina comédia* já existia na tradição árabe. Também o Cavalo de Troia, que, como ninguém ignora, figura na *Odisseia* e não na *Ilíada,* resulta da má leitura de um incidente das lendas do deserto.

Impera o duplo: tudo se desdobra, no tempo e no espaço. Atrás do herói-poeta vem outro herói-poeta, atrás de sua amada vem outra amada; al-Ghatash tem um rival em Dhu Suyuf, Layla surge após sua irmã Sabah. Origina-se uma vendeta interminável, com duelos propriamente ditos e outros poéticos, ao modo dos desafios de repentistas.

O leitor é arrebatado para o bojo das Mil e uma Noites, e não só pelo imaginário de dunas, camelos e corcéis, tribos, cimitarras e alfanjes, poesia e poetas, miragens, beldades veladas, duelos e desforras. Há também as constantes alusões a Xerazade/Shahrazad, Aladim, Sinbad, Ali Babá e os Quarenta Ladrões, embora fiquem fora da estória. Fala-se de personagens numinosas: a adivinha manca, o gigantesco gênio caolho, o quarto Sinbad (não aqueles que já conhecemos, que presumimos serem os três anteriores), os poetas beduínos...

Mas o arrebatamento vem sobretudo do modo de narrar: o autor prefere *o tempo dos começos*. Estamos na Idade da Ignorância, pré-islâmica, ou seja, antes que surjam o Profeta e o Livro, portanto em pleno mito, prévio ao advento da História.

Já vemos que o romance passa ao largo do "pacto realista" e da diluição do naturalismo que parece ser a nota dominante da ficção hoje; e não só por aqui, no resto do planeta igualmente.

Por isso, num átimo a mimese foge-nos debaixo dos pés, o leitor sentindo-se órfão da verossimilhança e da causalidade. Efeito de miragens: afinal, a narrativa se passa no deserto. Confronta-nos o narrador não confiável, que nos engana a cada passo, no exercício da "ficção conjectural" segundo Borges. Afora os duplos, não é de estranhar a presença de espelhos e labirintos.

Não bastasse a posição fulcral do Oitavo Poema, a cada passo, deslizando o relato para a metalinguagem, enfatizam-se os portentos da letra, do alfabeto, da escrita, da literatura. Mas também da astronomia, da matemática e da caligrafia, todas elas, como se sabe, excelências árabes. As translações das letras do alfabeto (caligrafia) para algarismos (matemática) permitem decifrar as proposições oraculares das estrelas (astronomia): o olho de Jadah, aquele que viaja do passado para o presente em rodamoinhos de areia, só poderá ser contemplado numa dada conjunção celeste.

A escrita é concisa: nem uma palavra a mais nem a menos. Entretenimento de alto nível, no qual os encantos da forma jamais são relaxados em benefício da ação ou da introspecção do protagonista, frequentemente um alter ego do autor, nada interessante. Diversão com índice elevado de inteligência e predomínio do lúdico: o narrador brinca com as virtualidades de qualquer narrativa e também com o leitor. Nem é preciso indicar o grau de sofisticação embutido nessas escolhas.

Um tal partido só poderia vir inoculado de ironia, esse jeito enviezado do narrar da modernidade. Muitas vezes a ironia se processa à custa do leitor, que é ávido por acreditar no que lê, que se abebera em evasão, em fantasia, em belas quimeras, enfim.

Fonte de prazer, vêm daí as bizantinas e maliciosas explicações de nuances da linguagem ou até de letras. Merece destaque a graça desses negaceios e malabarismos com personagens, nomes, lugares.

A cada passo, interpola-se a poesia pré-islâmica, ou ao modo pré-islâmico. Não estranha que o livro reivindique para o Oitavo Poema um posto na (fictícia) linhagem não canônica da literatura árabe.

O livro até que começa prosaicamente, no casarão de Nagib, avô do narrador, que morava na rua Formosa, em Campos de Goytacazes. Esse avô sabia, e declamava, uma versão corrompida de *Qafiya al-Qaf*. Mas insinuava existir uma abertura para o passado, uma viagem no tempo, cifrada no poema; e perscrutava o céu com um pequeno telescópio. Daí se origina a missão do neto, que sai em demanda do enigma de Qaf, através dos quatro cantos do mundo e dos mil recantos da erudição.

Agora chegou nossa vez: que o leitor se perca e se ache no sorvedouro das areias movediças da montanha que circunda a Terra — ou Qaf, país das maravilhas.

Walnice Nogueira Galvão

Professora Emérita da FFLCH - USP

Advertência

A principal história deste livro está secionada em vinte e oito capítulos, nomeados conforme as vinte e oito letras do alfabeto árabe.

Entre eles, há capítulos intermediários, sem numeração, que denominei alternadamente *parâmetros* e *excursos*.

Os excursos são narrativas mais ou menos relacionadas à intriga dominante, na qual estavam originalmente inseridas, mas que convim desmontar para melhor fruição do leitor.

Os parâmetros são lendas de heróis árabes, comparáveis ao protagonista e poetas como ele, cujos talentos poderão medir.

Os que pretendem apenas se entreter com um breve romance de aventuras (e este é o meu conselho) devem-se ater à história principal de maneira linear e direta, sem perder tempo com esses capítulos intermediários — de leitura independente, retomáveis a qualquer tempo, e em qualquer ordem, respeitada uma única ressalva.

Para um conhecimento melhor da cultura pré-islâmica, assim como do universo mítico que envolve a narrativa, é recomendável ler também os parâmetros.

Finalmente, apenas os que tiverem a ousadia de tentar decifrar o enigma de Qaf, antes do ponto final, devem incluir a leitura dos excursos, além de prestar atenção às epígrafes e às poucas informações que constam abaixo de cada uma das vinte e oito letras árabes.

ا

alif

1ª letra

como número, 1

numa sequência, o 1º

inicial de إله, deus,

e أللّه, Deus

Quando conto uma mentira
não estarei restaurando
uma verdade mais antiga?
(Xerazade, a verdadeira)

A Idade da Ignorância — como ficou conhecida, na história dos árabes, a era que findou com o advento do islamismo — foi um tempo de homens que chegavam a ser mais nobres que os cavalos e de éguas enciumadas da beleza das mulheres. Foi também o período áureo dos poetas do deserto, que elevaram a poesia a alturas ainda não atingidas em nenhuma língua, em nenhum século.

Todavia, como prova do gosto refinado de então, apenas sete dos poemas compostos nessa época foram riscados sobre peles de camela e mereceram ser suspensos da grande Pedra Preta que ainda existe em Meca, para ali penderem até se eternizarem na memória dos beduínos.

Quando estive em Beirute, há uns poucos anos, levei comigo a versão de um oitavo poema que — sustento — certamente figurou entre os que penderam da grande Pedra Preta. A tradição não canônica o denomina *Qafiya al-Qaf*, título que se pode traduzir por "poema, cuja rima é a letra *qaf*, que trata da montanha chamada Qaf". Um jogo de palavras, como se vê.

Professores, eruditos, intelectuais que tiveram o privilégio de ler a obra afirmaram nunca terem tido notícia do poema e desconhecerem completamente tanto o enredo quanto as personagens. Expliquei que aquele texto era uma reconstituição do original — tão inverídico quanto possa ser um quadro, uma escultura, um monumento recuperado pelas mãos de um restaurador.

A principal objeção daqueles sábios, mestres das prestigiosas universidades do Cairo e de Beirute, era a de que não havia manuscritos conhecidos que pudessem fundamentar o meu trabalho, nem eu me dispusera a publicar as fontes.

Fui, assim, obrigado a revelar que não havia fontes, se o conceito se aplica apenas à matéria escrita; e que fora meu avô Nagib, ao se apaixonar por minha avó Mari, fugir de casa e embarcar clandestinamente no vapor que levava a família de Mari para o Brasil, quem trouxera, além de uma bagagem apenas constituída de livros, parte dos versos da *Qafiya al-Qaf*, sabidos de cor.

A essência do poema aprendi com meu avô. O resto, as lacunas que a memória do velho Nagib não reteve, recuperei de lendas colhidas em minhas peregrinações pelo Oriente Médio, e de toda sorte de dados históricos dispersos que fui capaz de compilar.

Não obstante, o texto foi considerado fraudulento. Divergia muito — é verdade —, na estrutura e no estilo, dos demais poemas suspensos, mas antecipava a técnica de composição de imagens que faria a glória da língua e dos poetas árabes. Foi certamente esse mérito que se considerou excessivo.

Assim, nunca alcancei a graça de editar o poema; ninguém quis abonar minha reconstituição. As versões que circularam (se circularam, porque permanece dúvida sobre isso) eram cópias não fidedignas, grafadas a tinta em papel almaço.

Como se não bastasse, um famoso historiador da literatura árabe mencionou o caso da *Qafiya* como a maior das falsificações acadêmicas forjadas nas letras semíticas.

Indignei-me; fui aos jornais para fazer polêmica; chamei tolos àqueles doutores; e convoquei estudiosos da tradição não canônica a defenderem o poema. Infelizmente, fui aos poucos percebendo que toda a tradição não canônica era formada apenas pela minha pessoa.

EXCURSO

O primeiro árabe

A primeira vez que a palavra *árabe* foi escrita — ou, mais propriamente, inscrita —, para designar um nômade montado num camelo, foi em 853 antes de Cristo, quando Jundub mais mil cameleiros se uniram a Israel e Aram contra os exércitos assírios.

Os historiadores ignoram quem foi exatamente esse Jundub e qual a origem dos terríveis árabes. Os judeus os consideram descendentes de Ismael, primogênito de Abraão e irmão de Isaac. Gregos e fenícios concordavam que eram filhos de Cadmo. Os egípcios, que brotaram das areias salpicadas pelo esperma de Osíris. Os persas, que eram as fezes de Arimã.

Para os árabes, *árabe* é todo aquele que tem o árabe como língua materna. São, por esse critério, um único povo, embora estejam divididos em centenas de tribos e em linhagens de árabes puros e impuros, que não necessariamente remontam a um ancestral comum.

Para os árabes da Idade da Ignorância, as tribos geradas pelos doze filhos de Ismael não eram árabes, no sentido estrito do termo. Tinham sido arabizadas pelos verdadeiros árabes, originários do Iêmen, de quem aprenderam o idioma e adotaram os costumes.

As lendas falam de um certo Yarub, quem primeiro ocupou as montanhas do sul e foi o primeiro a pastorear cabras, queimar incenso e preparar a infusão que denominamos café.

Foi esse Yarub, também, o primeiro homem a falar em árabe. Só que a língua árabe, ao contrário das demais línguas humanas, não surgiu após a queda da Torre de Babel. Ela foi inventada por Yarub.

Naquele tempo, os idiomas possuíam apenas verbos e substantivos, além de alguns pronomes e partículas menores. Yarub criou o adjetivo. Mas não se satisfez.

"Quero uma língua infinita, em que cada palavra tenha infinitos sinônimos", é a frase clássica.

E o trabalho infatigável de Yarub fez do árabe uma língua infinita. Mas havia um problema: substituía uma palavra por outra sem nunca conseguir obter o mesmo sentido, de maneira precisa, exata, inequívoca. Surgia sempre alguma ideia nova, algum matiz, algo que escapava à acepção original.

Foi o caso de *jâmal* (camelo), inicialmente um pretenso sinônimo de *jamal* (beleza); ou de *bayt* (casa), que Yarub tentou forjar como equivalente de *bayd* (ovo).

Infortunadamente, esses insucessos caíram no conhecimento popular e inspiraram os primeiros vagabundos que começaram a fazer poemas. Yarub armou homens para trucidá-los. Mas não teve êxito: o vício da poesia tinha contaminado as mulheres; e elas passaram a ocultar os perseguidos, lançando sobre eles os próprios trajes de que se despiam.

Yarub afrontou essa vergonha e manteve o cerco até que um dos poetas — Awad, dito também Awad — compôs a sátira na qual um mesmo termo podia ter dois sentidos. Era o fim.

— As palavras não são sequer sinônimas de si mesmas — concluiu, de olhos baixos.

Nesse ponto, as versões se contradizem, mas o certo é que Yarub se retirou do convívio humano, e na solidão das montanhas buscou alcançar a perfeição da sua língua.

Esteve sozinho vinte e oito anos. A barba e o cabelo cresceram tanto que teria ficado irreconhecível, não fosse ele a única pessoa ainda capaz de criar vocábulos, de instante a instante, para descobrir algum que resultasse semanticamente idêntico ao predecessor, que se restringisse a um único significado.

Já no leito de morte, após ter infinitamente fracassado, congregou os filhos para redimir-se.

— Não acredito em sinônimos.

E não falou mais nada.

bá

2ª letra

como número, 2

numa sequência, o 2º

inicial de بكارة, hímen,

e باب, porta

Dois escrevem:
o que não tem memória;
o que não tem palavra.
(anônimo)

A jornada que levou o poeta, autor da *Qafiya* e herói desta novela, a decifrar o enigma de Qaf foi a mesma que lhe deu o amor de Layla. Não posso, assim, negar eternidade à pele de camela que primeiro registrou essa história, embora saiba serem poucos os que verdadeiramente prezam o conhecimento e a beleza.

Dela, de Layla, talvez não fique muito. Mas ao menos darei imortalidade ao nome do poeta al-Ghatash e ao da tribo de Labwa, reconstituirei o mais belo dos poemas, revelarei a interpretação do mais fascinante dos enigmas, farei ruírem lendas sobre as artes dos gênios e o poder dos deuses. Porque há de ser assim: os despidos de vaidade não escrevem livros.

Conheci a lenda de al-Ghatash ainda pequeno, quando me sentava ao pé da cadeira de balanço do meu avô, sozinhos eu e ele, na antiga fábrica de roupas que ficava nos fundos do casarão da Rua Formosa, em Campos dos Goytacazes. O velho Nagib me narrava, em português, o que presumo fosse sua adaptação pessoal da *Qafiya*.

Desde a primeira vez me fascinou aquela história de um poeta que cruzava o deserto em busca de uma mulher desconhecida, de um enigma relacionado a uma fabulosa montanha circular, de um gênio caolho e cego que podia viajar no tempo.

Lembro bem da emoção do meu avô na cadeira de balanço. Sentia que ele acreditava na lenda do enigma, na possibilidade de nós também, homens de carne e osso, retornarmos ao passado. Sempre que eu fingia duvidar, ele me olhava, muito sério, e me apontava um instrumento empoeirado que vim depois a descobrir ser um pequeno telescópio.

Morreu meu avô Nagib, antes de me ensinar o que era um telescópio. Cresci com o poema na memória — é óbvio. Mas queria tê-lo numa versão escrita. Vasculhei a casa da Rua Formosa, revirei baús, abri cada um dos cinco mil volumes das estantes, deixei até cair o telescópio, e só encontrei algumas folhas soltas, que traíam a caligrafia do próprio Nagib e registravam apenas observações esparsas sobre literatura árabe, sem qualquer menção à aventura de al-Ghatash ou ao gênio caolho e cego.

Havia também um esboço da nossa genealogia familiar — que remontava aos descendentes da tribo de Labwa, estabelecidos desde o quinto século nos desertos que circundam as colinas de Hebron.

Foi o desejo de recuperar os fragmentos perdidos e dar forma escrita à *Qafiya* que me impulsionou a aprender o árabe clássico, o hebraico, o conjunto dos dialetos siríacos, até o extinto idioma epigráfico do Iêmen. Também me detive sobre a arqueologia do Oriente Médio; me debrucei sobre a geografia dos desertos da Síria e da Arábia; estudei a etnologia beduína; e praticamente guardei de cor a poesia pré-islâmica.

Mas só quando me dediquei à ciência das estrelas, na forma primitiva em que surgiu entre os caldeus, pude recompor o poema original e chegar à solução do enigma de Qaf.

PARÂMETRO

Imru al-Qays

Para a grande massa dos estudiosos, o mais antigo poeta árabe de que se tem notícia é Imru al-Qays, e não al-Ghatash.

Há entre eles algumas dessemelhanças importantes: al-Qays era filho do poderoso chefe da tribo de Kinda; de al-Ghatash não conhecemos o pai. Al-Qays não se fixa em nenhuma figura feminina; já al-Ghatash é um obcecado por Layla. Foi o espírito de al-Qays quem recebeu e guiou o profeta Muhammad em sua visita aos círculos do Inferno; al-Ghatash não teria tido tamanha paciência.[1]

Al-Qays foi um devasso. Dizem que tinha olhos de bezerro e que com esses olhos seduziu um sem-número de mulheres. Amou a filha casta do próprio César, quando esteve em Constantinopla, entre os muros do palácio e os guardas bizantinos. Invadia acampamentos à noite para raptar amantes. Gostava particularmente de surpreender meninas nuas, quando tomavam banho nos oásis. Al-Qays tinha a paixão da forma.

---

[1] Já se disse que o plagiário florentino Dante Alighieri estudou profundamente a escatologia muçulmana antes de escrever a *Comédia*, e que deu a Imru al-Qays o nome latino de *Virgílio*.

No início do Poema Suspenso, enumera vários acampamentos abandonados, onde parou e chorou à lembrança de uma mulher e de umas tendas, procurando pegadas que ventos do deserto desfizeram.

Não dá o nome da amada que o inspira, como a convenção do gênero manda. Os críticos pressupõem tratar-se de uma beduína que vai sucessivamente habitar as localidades mencionadas. Mas não: em cada ponto do deserto havia um amor para al-Qays.

Foi o próprio pai quem o expulsou da tribo, quando soube ter estado o filho acariciando o que palpitava sob a túnica da prima, depois de lhe saltar sobre a camela e invadir o palanquim.

E eu disse: vá em frente, solte a rédea, mas não afaste de mim esse fruto que se colhe em dobro...

Essa aventura foi uma espécie de gota d'água. Parece que o pai do poeta já andava irritado com uns versos que corriam e revelavam as façanhas sexuais de al-Qays. A cena em que uma moça grávida é por ele possuída ao mesmo tempo que amamenta uma criança é de uma beleza repugnante.

No prelúdio erótico comum a todos os poemas clássicos, os poetas dificilmente ultrapassam uma dezena de versos. Al-Qays compôs mais de quarenta.

Mas essa hipertrofia sexual não o fez desprezar outros motivos tradicionais: a exaltação do cavalo, o sacrifício da camela, as cenas de caça, a descrição do deserto. Certas imagens são impressionantes, como a do cair da noite, comparada ao peito de um corcel negro que salta e tomba sobre o cavaleiro.

A originalidade do poema de al-Qays está, no entanto, na descrição do temporal que encerra a peça e é, segundo alguns, a antevisão do Apocalipse. Em meio à fúria dos elementos, onde os montes são cabeças de fusos de fiar, as feras afogadas são raízes de cebolas, as árvores tombadas são polvilho de pimenta, ressoa o mais belo verso de Imru al-Qays:

Em Tayma não ficou tronco de palmeira; e entre as construções de pedra, apenas os penhascos.

Nessas passagens, percebe-se que al-Qays foi um grande solitário. Em vão tentaram descobrir se não houve uma mulher, ao menos uma, a quem tivesse amado mais profundamente.

Procuraram pistas no próprio Poema Suspenso, tentando recompor o retrato da beduína cuja cabeleira enfeita as costas, negra e espessa, como penca de tâmaras de uma palmeira carregada; cuja linha da cintura é um fino cordão; cujas pernas são caniços de papiro sobre o charco; cujos dedos, quando mexem, são vermes brancos, ou galhos finos.

E eu pergunto: que mulheres no deserto serão belas se não forem exatamente assim?

Creio que o mais belo passo da poesia universal seja este, atribuído a al-Qays:

Quando a constelação das Plêiades surgiu no céu como um colar de pérolas brilhantes,

entrei, de súbito, na tenda; e ela, diante da cortina, despira, para dormir, exceto a peça mais íntima...

e carreguei com ela — e uma saia escorregava para varrer os rastros que ficavam atrás de nós...

Ainda sou a única pessoa sobre a terra a duvidar da autenticidade desses versos. Já afirmaram ser despeito meu, que tento fazer com al-Qays o que outros fizeram com al-Ghatash. São mentiras. Conheço bem a personalidade de al-Qays. Não me parece que teria deixado se apagarem os traços daqueles pés femininos, ainda que com risco de ter sido descoberto pelos tios da moça. Disse que tinha a paixão da forma. Amava mais as marcas de um corpo na areia que a mulher que estivera ali deitada.

jim

5ª letra

como número, 3

numa sequência, o 3º

inicial de جمال, beleza,

e جنة, loucura

Amo as mulheres que,
despidas, nunca estão,
de todo, nuas.
(Imru al-Qays)

Os olhos dos filhos de Ghurab não me viram com benevolência, quando desmontei da camela, bati o pó que escurecia minha túnica branca e reivindiquei a hospitalidade do deserto. As mulheres saíram para detrás das cortinas de pelo entrançado que demarcavam o harém, puxando os véus sobre os rostos, como gazelas fogem de leões.[2] Os homens não se mexeram das esteiras.

---

[2] *Labwa*, em árabe, é um dos infinitos sinônimos de "leoa".

— Levantem, árabes! Sou al-Ghatash, da tribo de Labwa. Há onze dias percorro sozinho a trilha das pegadas deste animal.

Rochas não seriam tão mudas. Só o vento ousou farfalhar as túnicas e estufar as tendas. E algumas éguas, das mais puras raças da Arábia, das que fazem a riqueza de Ghurab, relincharam na minha direção.

— Pago qualquer preço por um animal desses!

E avancei pelo acampamento, como se aqueles homens fossem tufos de erva à margem de um rio seco. Quando ia me aproximar da primeira delas, al-Muthanni, o xeque, investiu contra mim, sabre em riste:

— Nenhum estrangeiro viola o pudor das filhas de Ghurab!

Porque saía, de entre as éguas que amamentavam crias, uma mulher da tribo; e o vento, numa rajada mais forte, lhe desfez o véu.

Cantei as éguas de Ghurab: as crinas negras, os beiços grossos, as ancas largas. Nenhuma delas se igualava à moça que acabara de me seduzir.

— Xeque dos Ghurab, fico com a égua mais perfeita, criada debaixo da tua própria tenda!

Al-Muthanni sorriu, porque eu soubera reconhecer a filha do xeque. Porém, atrás de nós, uma espada em cada punho, alguém rosnou:

— De que tribo é mesmo esse ladrão que ousa vir pedir a prometida de Dhu Suyuf?

Voltei os olhos, com desprezo:

— Este é al-Ghatash; e este é meu alfanje. Os que já experimentaram a têmpera da nossa tribo agora apodrecem debaixo da terra.

A resposta dele se perdeu, abafada pelo relincho das éguas.

EXCURSO

O dique de Marib

Inúmeros são os livros que afirmam serem os árabes originários do deserto. Não é verdade. Antes de viverem na aridez das areias, bebendo às vezes da água salobra dos poços, tendo às vezes de ingerir apenas leite para poupar a água dos camelos, aqueles homens habitaram cidades. Para tanto, procuraram as regiões mais amenas, confinadas ao sul da península, e aprenderam a desviar o curso dos rios e a construir barragens.

É estranho que, nos tempos históricos, tribos que descendiam desses opulentos cidadãos se tornassem nômades e fossem errar pelas terras da Síria e do Iraque. Uma lenda conta a história dessa migração.

Em Marib, no Iêmen, ficava o mais fabuloso desses diques, que abastecia não só a cidade de Marib como diversas aldeias da costa do Mar Vermelho às margens do Mar de Omã.

Ricos, poderosos, o povo de Marib negociava com potentados estrangeiros e recebia em suas feiras mercadores da Índia, Pérsia, Egito, Fenícia, Abissínia, Babilônia.

Mas era um comércio singular, em que as mercadorias eram oferecidas e obtidas apenas por meio de gestos. Não que os estrangeiros desconhecessem o árabe: não eram capazes de compreender o sentido das frases pronunciadas em Marib.

Porque o povo de Marib só falava por símbolos. Constituía baixeza empregar uma linguagem que não fosse figurada.

Assim, se alguém quisesse mencionar um camelo, poderia chamá-lo "navio" ou "duna". Poderia dizer "rato" para designar "adaga"; e "olho" em vez de "oásis". Às vezes frases inteiras, como "preciso beijar tuas sandálias", no lugar de "quero um cálice de vinho".

Os caminhos dessas metáforas às vezes eram simples, como a associação entre "olhos" e "oásis" porque de ambos mana água; ou entre "camelo" e "navio", porque o mar é uma espécie de deserto; até mesmo entre "rato" e "adaga", porque os dentes daquele têm o fio aguçado como a lâmina desta.

Mas, normalmente, esses encadeamentos de símiles eram um tanto mais complicados, sendo necessário saber, por exemplo, que o vinho de Marib era importado em lombo de camelo, e que eram esses animais que forneciam o couro para feitura de calçados; ou ter visto dunas de areia movidas pelo vento do deserto, semelhantes a corcovas de camelos que se vão afastando, gradativamente.

Mas houve um dia em que um dos lavradores de Marib surgiu no centro da cidade e gritou:

— Há uma fenda na parede do dique!

De imediato, uma mulher apunhalou o marido, imaginando que "dique" simbolizava o homem intumescido de desejo, que "parede" era sua rigidez, e "fenda" a metáfora óbvia que todos reconhecem. Afora ela, ninguém pareceu se importar.

Na verdade, a frase não fazia muito sentido. Ninguém a conseguira interpretar de maneira satisfatória. O lavrador a repetiu em voz alta, umas três ou quatro vezes, antes de partir de Marib, na direção da Síria.

No dia seguinte, o dique ruiu. A inundação matou muitos. A cidade e as aldeias em torno foram arrasadas. Grande parte dos sobreviventes iniciou o êxodo para o norte.

Tentaram em vão encontrar o homem da frase, cujos termos literais iludiram dolosamente o povo de Marib. Mas teriam cometido uma injustiça, se o tivessem apanhado.

Tenso, desesperado, no puro intento de advertir o povo de Marib, por buscar um símbolo inequívoco para os conceitos de "fenda" e "dique", o homem percorrera todo o vocabulário árabe, palavra por palavra, até fechar o círculo, escolhendo "fenda" como metáfora de "fenda"; e "dique", como metáfora de "dique".

د

dal

8ª letra

como número, 4

numa sequência, o 4º

inicial de دير, templo,

e دم, sangue

A honra não passa
de um aspecto do medo.
(Shânfara)

As faíscas produzidas pelos cascos das éguas negras de Ghurab, contra as pedras do deserto, numa noite sem estrelas, não brilhariam tanto como as chispas dos alfanjes de al-Ghatash e Dhu Suyuf, o homem dos dois sabres — alusão à sua impressionante habilidade de lutar com uma arma em cada mão.[3]

[3] Meus detratores apontam aí um erro: a expressão correta para "homem dos dois sabres" é Dhu Sayfayn, com o emprego do dual, e não Dhu Suyuf, que está no plural. Desisti de argumentar que licenças poéticas são usuais, principalmente para adequação aos metros.

Os olhos turvos dos homens de Ghurab, enrolados em suas túnicas escuras, estavam todos sobre o xeque, como falcões espreitam ratos. Porque fora estranha a tolerância de al-Muthanni: mesmo amparado pelo direito tribal da hospitalidade, al-Ghatash não poderia ter-se arriscado impunemente nas proximidades do harém.

Mas tal foi o fascínio daquela eloquência, que al-Ghatash pôde mais: disputar a prometida ao terrível Dhu Suyuf.

O combate, também, foi estranho: Dhu Suyuf, honrado a ponto de não querer ferir um hóspede nos limites do acampamento, apenas aparava os golpes do poeta. A certa altura, al-Ghatash teria protestado:

— Esta é uma luta desigual. Ele possui dois sabres. Eu, apenas um.

Dhu Suyuf, então, combateu com um sabre em sua mão esquerda, apenas detendo as investidas de al-Ghatash. Passado algum tempo, o poeta insistiu:

— Esta é uma luta desigual. Eu luto com a mão direita. Ele, com a esquerda.

Dhu Suyuf passou a se defender das arremetidas de al-Ghatash com um sabre em sua mão direita.

Várias foram as vezes em que al-Ghatash poderia ter caído; Dhu Suyuf não tentou atingi-lo uma única vez. Talvez pretendesse obter uma dupla vitória: manter a posse da prometida e não violar o direito de hospitalidade.

O vento, porém, não amainava. Al-Ghatash deve ter notado que as rajadas se tornavam mais intensas e levantavam mais areia. Então, ficou de costas para o vento e caiu de joelhos, cotovelos no chão, testa no solo.

Dhu Suyuf, imaginando que al-Ghatash tombava por cansaço, pensando ter vencido, foi dar a mão ao hóspede. E nisso reside o mistério: porque Dhu Suyuf ergueu-se rápido, para fugir do súbito ataque do oponente, incapaz de se defender porque largara a espada e estava com as duas mãos sobre os olhos, cheios da areia soprada pelo vento ou atirada pelas mãos do poeta al-Ghatash.

PARÂMETRO

Ântara

As figuras míticas de al-Ghatash e Ântara podem praticamente confundir-se. Ântara foi o maior dos heróis; al-Ghatash, o maior dos poetas. E, entre os árabes, todo herói é poeta; todo poeta é herói.

Mas há, certamente, diferenças. Al-Ghatash tinha paixão pelas éguas; Ântara amou um único cavalo.

Era filho de uma escrava etíope, e o pai o mantivera na condição de servo. Quando estourou o conflito entre dois dos grandes clãs da tribo — precisamente por causa de uma divergência sobre o resultado de uma corrida de cavalos —, Ântara foi convocado para empunhar armas, pelo próprio pai.

Recusou-se, parece, dizendo que a função dos servos é tratar dos camelos. O pai, para surpresa de Ântara, o libertou; e o filho da etíope, nessa e noutras batalhas, foi compelido a lutar, como um leão.

Os historiadores veem nesse gesto um ardil, para forçar sua inclusão na linhagem paterna. Discordo: Ântara sabia que ninguém iria à guerra sem ele; queria era poupar os cavalos. Essa paixão pelo animal transparece nas cenas mais cruentas:

Quando vi os inimigos se aproximarem, incitando-se mutuamente, voltei à carga, mas não fui ferido.

— Ântara! — gritaram, e no peito do meu garanhão negro as lanças eram como cordas tensas, içando um balde de um poço fundo;

Se ele soubesse falar, protestaria; pudesse dispor de palavras, eu iria conhecer.

Disse que Ântara amou tão somente um cavalo. A lenda acrescenta mais uma paixão: Abla, a prima, pertencente ao clã inimigo — segundo uns — ou, segundo outros, negada a Ântara pelo tio, que não desejava netos de pele escura.

Na minha opinião, Abla nunca amou Ântara. E duvido que tenha sido amada por ele. Houve entre os dois a atração das bestas que procuram os mais perfeitos da sua espécie. Em todos os passos em que fala desse pretenso amor pela prima, há sempre a sombra de um cavalo.

Deixaram os poetas algo que não fosse perfeito? Ou reconheceste, nas imagens, o acampamento abandonado?

Desmontei do cavalo, como da torre de um alcácer, para matar a ânsia dos que permanecem.

Em muitas literaturas, a imagem da torre de um castelo inexpugnável é a metáfora convencional do amor impossível. Quando fala indubitavelmente da prima, insinua sentimentos dúbios:

Apaixonei-me por acaso, enquanto lhe matava os parentes...

Numa outra passagem célebre, Ântara compara o sorriso de Abla à lâmina brilhante de uma espada; e a frescura do seu beijo, a uma planície fértil, livre do esterco das bestas, sob nuvens primaveris que ao gotejarem deixam pequenas poças quais moedas de prata.

Os recenseadores cometem aí um erro. A parte final é uma imagem de al-Ghatash. Ântara faz moedas de prata com as gotas de suor do seu cavalo.

Mas o amor dos cavalos é o amor da guerra. Ântara foi um soberbo narrador de batalhas. Matava os inimigos com um talho na jugular, feito de tal forma que parecesse um lábio leporino, e deixava o corpo para servir de guia aos chacais. Lembro que Ântara também tinha lábio leporino: era como se imprimisse seu sinete no cadáver.

Disse que comparava o sorriso de Abla à lâmina de uma espada. É curioso que a ferocidade do inimigo lhe possa provocar o mesmo símile:

São esses que, quando me veem desmontar, desnudam os dentes, em algo que não é um sorriso...

É absolutamente improvável, senão impossível, que um homem orgulhoso como era Ântara amasse uma mulher que o desprezava ou descendia do sangue de inimigos. Em vez de um amor inatingível, viveu buscando o fim inexorável na arena de combate.

Ântara morreu de uma flechada na base da espinha. Estava montado em seu cavalo — Abjar —, pronto para descer o vale e atacar o clã rival. O atirador emboscado voltou correndo para dar a notícia da morte do herói. Mas Abjar, com o corpo de Ântara ainda sobre o dorso, também correu, na mesma direção.

E eles viram Ântara e Abjar. E debandaram, não sem antes executar o arqueiro, por ter dado uma mensagem que lhes pareceu falsa.[4]

O cadáver de Ântara andou por muito tempo preso à sela de Abjar, pondo em fuga os inimigos,

---

[4] Essa cena chegou à Espanha e impressionou os rapsodos que narravam a história de El-Cid, o campeador.

até que se decompôs e, enfim, tombou. Não se sabe se foi sepultado. Mas Abjar continua galopando, até hoje, pelas areias do deserto.

Vi uma vez esse cavalo. Nenhum verso de Ântara é tão belo quanto ele.

há

26ª letra

como número, 5

numa sequência, o 5º

inicial de هوى, paixão,

e هجرة, exílio

Nem todos os números
são múltiplos de um.
(Yarub)

A aventura que levou al-Ghatash a descobrir e decifrar o enigma de Qaf começou exatamente quando o xeque dos Ghurab, durante a assembleia dos homens da tribo, levantou-se num repente e foi empurrando os que encontrava pelo caminho, até parar na frente de uma tenda alta, coberta de panos vermelhos com borlas de lã negra.

— Responde, Sabah! Qual dos dois é o menos indigno de ti?

Duzentos e vinte camelos foram o dote oferecido por al-Ghatash, a ser resgatado em Meca, no mês da peregrinação. Um dos tios velhos de Dhu

Suyuf, gesticulando muito e dando murros contra o próprio rosto, ainda teve coragem de evocar o pacto estabelecido previamente. O xeque levou a mão direita à cinta:

— Sabah fez sua escolha. O estrangeiro venceu um duelo justo. E não há mais poetas na tribo de Ghurab.

Severos, os olhares de Ghurab para al-Muthanni. Indescritível, o de Dhu Suyuf — que jazia cheio de ataduras, ferido que fora por al-Ghatash, enquanto recuava, cego pela areia, arrependido de não ter matado o hóspede.

Então, a tenda se abriu; e um forte odor de almíscar alcançou os homens. Era Sabah, que vinha ao encontro do noivo, em vestes de seda e coberta de joias, após um longo banho de núpcias. O vento do deserto soprou intensamente contra ela. O véu, de novo, se desfez; e a túnica modelou formas redondas e belas como as letras dos escribas.

O velho Nagib amava particularmente os versos de al-Ghatash nessa circunstância:

"Seu corpo se apoiava em dois troncos de cedro do Líbano, sustendo um outeiro coberto de relva espessa. E quem deitasse a fronte nessa relva veria a roda de uma leve pegada de camela, solitária na planície ondulada e branca, tendo ao fundo duas grandes dunas trêmulas."

Creio tê-los levado a imaginar que al-Ghatash falasse de Sabah. Suponho que Ghurab incorreu no mesmo erro.

No entanto, al-Ghatash cantava a figura velada de Layla, que vinha atrás, penteando os cabelos da irmã Sabah, enquanto também era esculpida pelo vento.

EXCURSO

Extravio de Samira

Do sul da Península Arábica partem duas grandes rotas para o Crescente Fértil, trilhadas desde a Antiguidade pelas caravanas que conduziam incenso, mirra, pedras preciosas, as riquezas da Etiópia e as maravilhas da Índia.

Uma delas costeia o Mar Vermelho, unindo o Iêmen à Síria e à Palestina, passando por Meca. A outra segue às margens do Golfo Pérsico, de Omã ao sul do Iraque, continuando pelo Eufrates até o antigo território assírio.

Desde os tempos mais remotos, os primitivos árabes, vindos do Iêmen, emigraram quase todos por um desses dois caminhos, impondo a língua árabe às tribos do norte, com as quais se miscigenavam.

Nesse percurso, muitos se perderam, dando origem a lendas sobre tribos esquecidas e cidades afundadas nas areias.

Contam que um dos mais inóspitos dos desertos árabes abrigava em sua imensidão impenetrável uma tribo extraviada. Diziam-se da estirpe de Bilqis, rainha de Sabá, e eram ferozes, os homens; e formosas, as mulheres.

De Samira, a matriarca, espalhou-se que era dona do mais belo rosto humano, embora nunca tenha sido vista.

Árabes de todos os quadrantes perseguiram as mulheres dessa tribo. Os afortunados que as puderam contemplar insistiam no fato de não possuírem uma beleza comum. Eram mulheres lindíssimas; de uma perfeição jamais achada na península, nem em toda a periferia universal que a circundava.

Algumas vezes, foram conhecidas em encontros casuais, quando emergiam vez por outra do deserto para aproximarem-se das terras menos áridas e furtar uma cabra ou roubar um camelo. E noutras, por beduínos emboscados que as tentavam raptar. Morriam todos, geralmente, pelas mãos cruentas dos varões da tribo.

Certa feita, no entanto, um grupo de seis a sete homens atacou algumas tendas da tribo de Samira, fincadas nos confins das terras férteis do Hadramut. Apresados, atados uns aos outros como pedras de um colar, foram conduzidos à presença da própria Samira, a mais bela das mulheres, que não supunham achar-se tão à franja do deserto.

Diante dela, a comoção dos homens foi visível. Acometidos de algum mal oculto, perderam o senso de orientação, incapazes de andar em linha reta ou de se desviarem uns dos outros.

Nesse estado lastimável, foram arrastados algumas léguas adentro, até serem abandonados.

Não se sabe se foi o acaso ou teria sido pequena a distância percorrida pela tribo: o fato é que um dos homens veio dar de novo nas bordas do deserto inabitável de Samira, pouco antes de morrer de sede.

A história que ele deve ter contado encorajou novas perseguições, e a tribo de Samira foi ficando encurralada, cingida à terra seca, rubra, intransponível.

Um dia, numa feira do Qatar, apareceram três homens puxando uma camela pela rédea. Na corcova do animal, uma mulher, velada totalmente, apenas com as mãos de fora da túnica persa que a cobria do pescoço aos pés.

— É Samira — disse um deles.

Os homens do Qatar perceberam que os captores de Samira estavam meio atordoados, que não atinavam com nada, e tropeçavam nas próprias pernas, batendo com as testas uns contra os outros.

Foi quando a rédea se rompeu ou se soltou. Samira, velada, fustigou a camela e desembestou pelo deserto, para sempre.

Como se disse mais tarde, estavam cegos, todos três. Não se sabe se desde antes ou se depois de terem visto Samira. Não se sabe desde quando ela usava aquele véu.

و

waw

27ª letra

como número, 6

numa sequência, o 6º

inicial de وحج, refúgio,

e ودع, túmulo

Há glória maior
que ser escárnio das hienas?
(Amru bin Kulthum)

— Filho dos filhos de Labwa, põe Sabah em tua camela e parte! Não duram muito os inimigos entre os homens de Ghurab!

Assim me despediram. E impuseram Sabah à minha garupa. Maldisse cento e dez vezes os homens que não respeitaram os três dias de hospitalidade. Maldisse, cento e dez vezes vezes onze, o rival que preferiu sobreviver à desonra a expor-se ao fio do meu sabre.

Por vinte e dois dias procurei o paradeiro de Labwa. A todo instante voltava o rosto para mirar a face daquela mulher que qualquer brisa lograva desvelar. Penetrei-a no deserto, entre o uivo dos chacais e o guincho das hienas. Mas não vi nada naquele semblante sem mistério.

Porque pensava em Layla, a que não vi sem véus: vaca de olhos negros como duas poças do betume que brota do ventre da terra.

— Entreguem duzentos e vinte camelos em Meca, no mês da peregrinação, à tribo de Ghurab, pelo dote desta mulher, que repudio. E adicionem quatrocentos e quarenta, para o dote da mulher que vou buscar.

Disse assim à assembleia dos filhos de Labwa, atirando Sabah no meio deles. E viajei pelo deserto, sem pena de escorchar minha camela.

Salobra foi a água que furtei dos poços. Não passaram caravanas que eu pudesse pilhar. Então, dunas de areia me cercaram. Mas o crescente pôs no meu caminho vagabundos do deserto, que me teriam roubado se não me oferecessem de beber.

— Desce da camela, árabe! Homens sem tribo também são generosos.

Paramos sob o céu, enrolados em mantas velhas e fedidas. A coalhada que me deram estava podre. O pão já tinha um pouco de bolor. Considerei que minha camela, maltratada, não bebera tanto; e observei ao lado dela um animal mais jovem, de coxas belas e roliças, carregado com dois odres de água suja, além de estar com as tetas cheias.

Arrastei precisamente esta, pelas rédeas, em silêncio, levando o resto da comida, quando eles dormiram.

Mas uma pedra fez a bicha tropeçar. O rumor da água que chacoalhou nos odres acordou o bando e, antes que eu armasse o arco, fui detido. O xeque deles me puxou pelos cabelos.

— Curioso: os ingratos que conheci ficam muito parecidos do pescoço para cima. Umar, minha espada!

Porém, uma onda de poeira escureceu a noite. O vento forte devastou o acampamento e apagou a fogueira. Com os olhos cheios de areia, não pude ver, mas mesmo assim me atirei sobre a camela e com o turbante lhe vendei os olhos.

Não sei dizer se me seguiram. Mas, entre o estrondo dos trovões, julguei que uma voz cava, tremenda, surgida talvez do fundo dos tempos, ecoava atrás de mim:

— O direito é do poeta de Labwa. Essa camela é neta de uma outra, roubada por Umar, que pertencera a Jalila, mãe de al-Ghatash.

PARÂMETRO

Nábigha

Não há, na natureza, duas criaturas iguais. Há muito se sabe que isso também se aplica aos gêmeos. Recentemente, no entanto, certas histórias de pessoas que se encontraram com suas cópias perfeitas, ou com seus "duplos", reavivaram o mito. Mas não passam de falsificações abomináveis, que deveriam ser banidas.

Ao contrário, a verdade é que, para cada ser, há uma antítese, um antípoda, um antigêmeo. Foi o caso de dois príncipes árabes: Amru e Numan.

Um foi aliado dos gregos; o outro, dos persas. Um era magro; o outro era gordo. Um deles tinha os olhos claros; os do outro eram negros como a noite. Ambos eram feios, só que um por um defeito no nariz; o outro, nas orelhas. E ambos foram louvados pelo poeta Nábigha. Foi essa circunstância que os fez famosos.

Nábigha não descendia de poetas. Convertido ao cristianismo, foi viver na corte de Numan, o aliado dos persas, e ali aprendeu a compor os panegíricos que lhe dariam um lugar entre os luminares da poesia clássica. De Numan, obtinha tudo, desde que recitara o primeiro verso de seu Poema Suspenso:

Morada de Mayya, nas montanhas de Samad e Aliya, deserta, em que o passado transcorre para sempre...

A descrição da camela, cujos dentes eram afiados e pontudos como anzóis, também impressionou o príncipe: lembrava um touro selvagem das planícies, de ventre curvo como um alfanje, que investe ferozmente contra os cães de caça e volta e meia vem com um deles no chifre, como peça de carne num espeto de churrasco.

Nábigha comparou Numan a sua camela; e, consequentemente, àquele touro. Nenhum soberano da linhagem de Numan havia merecido elogio mais veemente. E o príncipe pediu a Nábigha que compusesse um poema para cada membro da sua larga família.

O poema de Mutajárrida, mulher de Numan, narrava o momento em que ela saía da tenda, como uma gazela de face luminosa, o talhe perfeito como o da palmeira que balança acima das árvores do bosque. Nábigha a comparou ao sol nascente, à pérola do mar, à estátua de mármore sobre um pedestal de pedra.

Foi ousado, quando acrescentou uma cena em que o véu da moça caía e ela, tímida, ocultava a face com uma das mãos, enquanto tentava agarrar o pedaço de seda: dedos finos, tintos de rubro como botões de lótus, as tranças se expandindo ondeantes e negras como os ramos das parreiras, os olhos súplices de quem está num cárcere...

Numan, orgulhoso, não pareceu incomodado. Até que começaram a surdir rumores de que as imagens de Nábigha eram perfeitas demais. Logo, vencera a tese de que o poeta só conseguia descrever aquilo que pudesse ter visto; ou experimentado. Essa teoria realista foi a perdição de Nábigha. Porque Numan lembrou da metáfora do touro; e, porque se achasse um touro, achou também que Nábigha contemplara a beleza nua de Mutajárrida.

Nábigha foi exilado e chegou à corte do príncipe Amru, aliado dos gregos. A história não foi muito diferente: Nábigha não tardou a cair nas graças do príncipe. É justamente célebre um poema que compôs em sua honra.

Nele, as hostes de Amru são precedidas por batalhões de abutres, que abrem caminho para os homens — velhos companheiros que semelham cães de caça, criados para ver sangue sem temer. São esses abutres que se amontoam ao redor da liça, como anciães de trajes negros, atentos aos inimigos que tombam diante da tribo em que nenhum defeito existe, exceto o dos sabres, que têm a lâmina amassada.

Mas os antigos poemas de Nábigha também acabaram circulando, inclusive o de Mutajárrida. Não tardaram a eclodir boatos sobre Nábigha e a mulher de Amru, de quem supunham ser a mulher descrita no poema.

O príncipe Amru, todavia, tinha imensa confiança na mulher, e exilou o poeta. Também tinha ouvido falar que Nábigha só podia descrever o que tivesse visto. Concluiu que os poemas eram só mentiras. Que Nábigha fazia versos de pura fantasia; que — se a mulher de Amru era fiel — ele, Amru, não merecia aquela glória toda; que ele, Amru, tinha mais defeitos que apenas mossas na lâmina da espada.

zay

11ª letra

como número, 7

numa sequência, o 7º

inicial de ز ا ن, adúltero,

e زكي, honrado

Três são tolos:
o que não sabe que não sabe;
o que sabe que não sabe;
o que não sabe que sabe.
(Labid)

— Senhor Mussa, não existe na mitologia árabe, não está referido em nenhum dos livros antigos, nem nos tratados de al-Biruni, nem no índice de ibnu Nadim, nem na obra de Chafic Maluf — que foi a maior autoridade moderna nesse assunto — um gênio chamado Jadah. Nem qualquer gênio cego, ou caolho, que viva no passado e volte ao presente em tempestades de areia, proferindo testemunhos que não se podem demonstrar. Não há sequer um étimo para esse nome, uma única raiz plausível em alguma das línguas semíticas. Temo que suas fantasias estejam já passando um pouco dos limites.

O professor Yáhia era um dos que defendiam a inautenticidade da *Qafiya*, um dos "inautenticistas", como ficaram conhecidos. Tinha chegado ao extremo de expor o problema num congresso de arabistas. Infelizmente, dependia dele para obter minha titulação em literatura pré-islâmica.

— Professor Yáhia, o senhor já consultou o *Livro do Mosteiro da Caverna*?

Recebi a esperada negativa. Expliquei a ele, então, procurando parecer modesto, que essa obra — crônica siríaca de um famoso monastério das imediações da cidade árabe de Petra —, da qual restavam apenas fragmentos, era a única a mencionar a figura mítica de Jadah.

Segundo o autor anônimo, Jadah era um gênio gigantesco, de voz tonitruante e cego de um dos olhos. Quando Alexandre Magno iniciou sua conquista do Oriente, foi ele um dos seres sobrenaturais que se interpôs ao avanço do tremendo macedônio.

Perdeu a batalha, num combate singular contra o próprio Alexandre, que lhe assestou um golpe em plena face e lhe trouxe o único olho são espetado na espada.

Jadah, todavia, não foi vencido. Num lance espetacular, tomou a forma e a consistência das fumaças e se esvaiu além dos cimos da montanha Qaf, para voltar no tempo e reaver o olho. Os beduínos temem particularmente as tempestades de areia que sopram dos confins do mundo, porque Jadah pode estar no meio delas; e o testemunho de quem vem do ontem nunca pôde ser exposto à prova.

— Se é verdade o que o senhor diz, gostaria de saber em que biblioteca posso achar essa obra.

— Lamento muito. É uma pena que o senhor não tenha tido tempo de manusear todos os códices existentes na sua própria universidade.

Descemos até a seção de documentos raros. A bibliotecária trouxe uma ficha ensebada com o título siríaco *Livro do Mosteiro da Caverna*. A catalogação seguia todas as normas biblioteconômicas. Nas anotações, apenas a minha assinatura, provando que eu fora o único a requisitá-lo.

Mas não pude deixar de manifestar minha indignação quando constatamos que aquele códice, aquela raridade paleográfica, não se achava mais no escaninho indicado na ficha. As funcionárias reviraram tudo, sem êxito.

— As escolas libanesas têm fama de serem sérias, professor Yáhia.

O homem estava fora de si.

— Vou mandar periciar essa ficha, senhor Mussa! Isso me cheira a fraude! E digo mais: o senhor está ridículo com esse terno italiano e esse turbante de beduíno!

Ia resmungar alguma coisa sobre raízes culturais, mas ele acabava de bater a porta.

No dia seguinte, peguei o avião para o Rio de Janeiro. Nunca soube o resultado da perícia.

EXCURSO

Os dois espelhos

Os árabes foram dos primeiros povos a adotar o cristianismo, ainda que muitas tribos tenham permanecido pagãs ou mantido certos ritos da religião tradicional. Entre os primeiros mártires cristãos, há vários árabes. O primeiro imperador romano a aceitar o batismo foi Felipe, dito muito propriamente "o árabe". Bispos árabes estavam presentes nos concílios que debateram as célebres questões bizantinas, alinhados com o bloco ortodoxo. As duas mais antigas inscrições em língua árabe, hoje preservadas, foram grafadas em igrejas cristãs.

Na verdade, foram as tribos do deserto que conceberam o cristianismo, dois séculos antes do próprio Cristo.

Não se sabe exatamente quando se difundiu, mas certamente é bastante antigo, entre os semitas, o costume de sacrificar os primogênitos, para aplacar a fúria divina contra a tribo ou tornar propícia ao pai a divindade. Ninguém ignora, por exemplo, a história de Isaac e Abraão.

Entre os beduínos, não era diferente.

Quando a miséria e a doença colheram um certo Adib, fabricante de espelhos, um oráculo exigiu-lhe o sangue do primeiro filho.

Adib riu, depois chorou, porque só tinha filhas. Desesperado, julgando que o ídolo pretendia o impossível precisamente para não ter de socorrê-lo, retirou-se no deserto, e foi beirar a morte.

A ideia lhe surgiu quando, num gesto de autocomiseração, pôs o próprio rosto contra um espelho da sua lavra. Embora lidasse há anos com espelhos, nunca atentara para o fato de que a imagem reflexa era uma inversão da aparência real: o lado direito do rosto aparecia à direita no espelho, e vice-versa. Para obtenção de um reflexo perfeito, era necessário um segundo espelho — ou seja, duas inversões da figura original.

Foi este o pensamento de Adib: se Allah me exige o filho mais velho, posso satisfazê-lo oferecendo a filha mais nova.

E assim foi feito. E Adib viveu e prosperou. A notícia se espalhou rapidamente, e diversas tribos passaram, inclusive, a preferir o sacrifício das caçulas. O Alcorão condena esse costume, o que demonstra ainda estar em voga no século 7.

Mas as especulações a respeito do reflexo duplo não pararam aí. Houve quem continuasse fazendo inversões, nem sempre bem fundamentadas, pondo a esposa mais velha no lugar da filha mais nova; ou um cunhado; ou uma sobrinha.

Com o tempo, as discussões sobre o assunto passaram a ser meramente teóricas, e sábios do deserto propuseram uma inversão dupla inovadora: se, originalmente, a vida do pai equivalia à morte do filho (estando aí presente o pressuposto do duplo reflexo), a vida do homem, em geral, também seria igual à morte de um deus.

O grande impulso que o culto de Adônis (um deus que morre) alcançou no período helenístico talvez tenha a ver com essa tese. Mas isso não importa.

O fato é que estavam lançados os princípios da doutrina: se o deus Allah pode ser definido como Pai Divino, a morte do Pai Divino deve equivaler à morte do Filho Humano. E se esse Filho tem o sangue vertido, ninguém fará correr o de sua mãe: ou seja, a mãe será uma virgem.

Por duzentos anos, beduínos vagaram por oásis, aldeias e cidades, buscando um filho humano de Allah, nascido de uma virgem. Não foi por acaso que três príncipes árabes (chamados tardia e erroneamente de "reis magos") identificaram o nascimento de um menino com essas características.

Há, contudo, quem afirme que isso é uma impostura. Que não há provas consistentes sobre a paternidade da criança. Que os espelhos podem ser virados numa outra direção.

ح

hâ

6ª letra

como número, 8

numa sequência, o 8º

inicial de حب, amor,

e حجاب, véu

Respeitar inimigos
é cultuar os mortos.
(Ântara)

É o *Livro do Mosteiro da Caverna* que documenta a marcha derradeira da tribo de al-Muthanni, das estepes sírias aos confins da Arábia, onde havia de cumprir seu anunciado extravio. Na época desses acontecimentos, talvez meados do século 5, as tribos do norte estavam mais ou menos convertidas ao cristianismo, diferentemente dos Ghurab e de algumas outras, ainda arraigadas à religião tradicional.

Ghurab mantinha luta de compensação de sangue contra a poderosa tribo de Salih, ortodoxos ferrenhos, que contavam com o apoio de Constantinopla.

O *Livro* conta que Dhu Suyuf, ao invadir o território inimigo para roubar água, emboscou e matou, ao mesmo tempo, dois dos filhos de Bulbul, o xeque dos Salih. O acampamento de Ghurab, então, foi atacado por cavaleiros comandados pelo próprio xeque.

Pegos de surpresa, Ghurab perderia a batalha; mas Bulbul, num arroubo de ódio, empunhando uma terrível cimitarra persa, vindo a cavalo sobre o corpo de al-Muthanni (que combatia a pé), empinou a montaria; e, quando ia desfechar o golpe, o xeque de Ghurab apanhou uma lança que no chão caíra e a enterrou pela barriga do cavalo, empalando Bulbul.

Salih se desespera e bate em retirada. Ghurab toma o cadáver do xeque derrotado e o entrega a dois dos servos de al-Muthanni, embalsamadores capturados no deserto egípcio.

Porque era esse o costume de Ghurab: manter, protegidos sob a tenda do próprio xeque, os corpos mumificados de seus inimigos.

Mas al-Muthanni não poderia resistir à fúria de Salih, que invoca a aliança de Kalb, Udhra, Tanukh, Bahrá, Tayy, Ghassan, Jusham. Ghurab inicia a fuga para o sul, levando, insepulto e embalsamado, o corpo de Bulbul.

Cavaleiros de Salih dão batidas no deserto, no rastro de Ghurab. Descobrem vestígios de um acampamento abandonado. É nesse local que vão encontrar al-Ghatash, depois de ter sido salvo pelo testemunho de Jadah.

O poeta, agachado ao lado da camela, afasta, sutilmente, com as mãos, as mais finas camadas de areia, tentando identificar embaixo as pegadas de Layla. Os homens de Salih teriam sido impiedosos, se Labwa também não fosse uma tribo convertida. E al-Ghatash os acompanha.

Entram pelo perigoso Deserto das Miragens. Não era um deserto comum. Não eram miragens comuns. Em vez de enxergar água onde havia areia, no Deserto das Miragens os beduínos viam areia onde havia água — e seguiam sem parar, para morrer de sede algumas léguas depois.

Há um momento em que já não sabem que caminho tomar. Os filhos de Salih, percebendo filamentos sinuosos de névoa, pretendem ter visto sinais de uma fogueira. Al-Ghatash, no entanto, vendo a ponta de um turbante enterrado na areia, descobre adiante um cadáver insepulto, parcialmente descarnado, com marcas visíveis de caninos.

— Onde há fogo, há homens. Esse corpo é de alguém que morreu de sede, e foi profanado por hienas ou chacais.

Mas o poeta de Labwa preferiu a indicação do morto: notara duas incisões profundas, planas, uma de cada lado do peito.

PARÂMETRO

Bin al-Abras

O legendário Abid, dito também bin al-Abras, foi um dos poetas mais jovens a ter um de seus poemas classificado entre as obras máximas da Idade da Ignorância. Foi também, indubitavelmente, o poeta mais desgraçado de todos eles.

Abid (ou talvez Ubayd — pois são nomes que se grafam de modo idêntico), embora tivesse nascido rico, desde cedo fora retirado do convívio dos pais — que haviam contraído a lepra e viviam isolados num fosso de leprosos, nos arredores de Bostra. O apelativo *bin al-Abras* significa exatamente "filho do leproso".

Como se já não bastasse essa primeira maldição, Ubayd (ou Abid) parece ter-se embebedado além de seus limites, numa noite de jogatina e comilança, e ido deitar na tenda da própria irmã, a quem engravidou.

Os tios toleraram o incesto (Abid era um grande poeta, e a irmã disse não ter visto nada porque permaneceu dormindo); e o cumularam de riquezas e prerrogativas. No entanto, aquele evento o marcou de tal maneira que, a partir daí, evita a sedução da vida e renuncia aos bens materiais, passando a viver de esmolas, à feição dos pais leprosos, metidos no fosso da peste no deserto de Bostra.

Peregrinando de acampamento em acampamento, vivendo da hospitalidade das tribos, Ubayd parte em direção da célebre al-Hira, cidadela árabe nas terras baixas do Iraque.

Na época desses fatos, reinava em al-Hira o pérfido Mundhir. Pertencia a uma tribo cristã, mas sua interpretação particular do cristianismo o fizera instituir no calendário o Dia da Consagração do Bem, e o Dia da Consagração do Mal. O primeiro estrangeiro em que pusesse os olhos, nesses dias, receberia, respectivamente, mil peças de ouro e uma escrava virgem ou uma pele de doninha negra e a pena de morte.

Abid chegou de madrugada em al-Hira. A cidade estava completamente deserta. Quando ouviu o cantar do galo, um homem o observava, da porta do castelo.

O homem seria o pérfido Mundhir. O dia, o da Consagração do Mal. O poeta teria recebido a pele de doninha negra e esperado um dia inteiro para ser sacrificado, preso ao obelisco que simbolizava o inverso da Cruz.

O poema de Ubayd é o mais grave, o mais melancólico, o mais pessimista de todos os "suspensos".

E tem um ponto em comum com o de al-Ghatash: a desobediência deliberada, senão agressiva, às convenções do gênero.

A ode clássica possui três movimentos fundamentais: a chegada do poeta às ruínas do acampamento abandonado pela tribo da amada; sua jornada em busca dela, sobre um cavalo ou uma camela, quando enfrenta os perigos do deserto; e o elogio tribal, em que descreve vitórias em batalhas, desanca os inimigos, reúne máximas sapienciais, expõe seu próprio código de honra ou dá vazão a uma fanfarronice tipicamente árabe em cenas de bebedeira e prodigalidade irresponsável.

O poema de bin al-Abras não tem quase nada disso. Enumera cansativamente uma série de regiões desabitadas, lares que viraram pouso para as feras, lugares que se tornaram herança da morte, um mundo onde há desonra para aquele que envelhece.

Mas não há a invocação tradicional da amada. Abid não menciona um único nome de mulher. E declara a impossibilidade do amor e da felicidade

...se os acampamentos mudam, as pessoas vão e vêm, e nada há de original, nem de maravilhoso?

Se os que herdam terão de testar? Se os que tomam butim são depois saqueados?

Se o que se ausenta para ver um homem retorna?
Se o que se ausenta para ver a morte não retorna nunca?

O homem vive uma mentira, um pequeno período de agonia na máquina da morte.

A ode de Ubayd foi um poema dedicado à morte. Uma outra excentricidade desse texto é seu fim abrupto, no meio de uma cena selvagem do deserto — a luta entre um falcão e uma raposa.

A grande questão entre os eruditos que se debruçaram sobre Abid era saber o motivo, a razão de ter ele interrompido ou terminado o poema no ponto que a tradição convencionava fosse a seção intermediária. É preciso atentar que ele dispusera de tempo suficiente para concluí-lo, entre o recebimento da pele negra da doninha e o momento da execução. Tenho minha própria teoria.

Segundo alguns biógrafos medievais, o poeta, antes de partir para al-Hira, esteve no fosso dos leprosos, para ver os pais. Isso aconteceu no início do 11º mês do calendário árabe — mês sagrado em que era proibido o homicídio. Sabemos que o Dia da Consagração do Mal imposto pelo pérfido Mundhir caía no sexto mês. Ubayd jamais teria levado mais de dois meses para se deslocar de Bostra a al-Hira.

O dia da chegada — o dia em que foi o primeiro estrangeiro a ser visto pelo pérfido Mundhir — caiu ou no 11º ou no 12º mês do antigo calendário. Só pode ter sido no Dia da Consagração do Bem.

Se Abid (ou Ubayd) interrompeu a composição do poema foi por ter recebido as mil peças de ouro e a escrava virgem. Dizem que era um jovem simples, desapegado das riquezas e dos prazeres, que optara pela via da miséria e dedicava seu talento à poesia. Mas eu pergunto: que homem há que possa renunciar à sedução da vida, pela segunda vez?

tâ

16ª letra

como número, 9

numa sequência, o 9º

inicial de طريق, caminho,

e طوف, retorno

Ó beleza!

Ó mulheres!

Ó desertos!

(anônimo)

Deixei o eco dos meus versos por todos os lugares e fui pelos caminhos onde houve fúria e devastação: os sinais de Dhu Suyuf eram fáceis de seguir. Os homens de Salih estavam mortos. Na minha frente, porém, o Oásis de Areia.

— Procuro a rota dos filhos de Ghurab — indaguei ainda do alto da camela. Mas não precisei de resposta. Olhos desolados disseram tudo. Desci, prendi o arco na sela, desfiz uma volta do turbante e levei o animal para beber, junto de umas fossas e redis a certa distância da povoação.

Áridos, os rostos dos homens; mas fresca era a água do poço. Decidi me lavar ali mesmo, entre os arbustos, longe das casas que só a falta de coragem explica serem fixas no solo. Era pouco antes do crepúsculo. De cabeça baixa, terminava de esfregar os cabelos quando pensei ter escutado um corvo grasnar por trás de mim.

Levantei depressa, imaginando fosse ele carregar no bico minha cinta ou meu turbante, mas o bicho já tinha esvoaçado entre as palmeiras. Quando fui verificar as minhas coisas, pressenti presença humana, porque uma sombra percorreu meu rosto.

Surgida de entre as fossas e redis, uma mulher sem véus, de manto negro e pernas tortas, capengava ao meu encontro, interpondo-se entre mim e o sol poente, sem se importar que ainda estivesse nu.

— Feliz é o estrangeiro que não sabe ler no voo das aves, porque nele está escrito o extravio dos filhos de Ghurab; porque nele está escrito que nada permanece.

A adivinha devia saber que nem as pegadas de Layla tinham permanecido. Revelei que era eu o poeta de Labwa; e que buscava a beleza daquela face oculta.

— Para isso, é preciso decifrar o enigma de Qaf.

E contou uma história ridícula, sobre palavras misteriosas escritas num amuleto, que permitiam rever o passado. Retruquei que não sabia ler, que não acreditava em bobagens como aquela, e que só me interessava o paradeiro de Layla.

— Então, siga o rastro do corvo. É esse o caminho de Ghurab.

Imaginei que zombasse de mim, porque o corvo não deixou pegadas. E ameacei a velha, que gargalhou como um pássaro de mau agouro.

Virei as costas e farejei uma tenda onde faziam café. Parei ali para beber, no meio de homens imundos e sem dentes, trajados com os surrões puídos dos que aram a terra.

Mas a adivinha me seguira. Com sua voz aguda, atraiu sobre mim a admiração de todos, anunciando que era eu o poeta de Labwa. Depois, lendo as estrelas, descreveu a beleza de Layla e narrou minha jornada no deserto, até quando cheguei àquele oásis, desci da camela, prendi o arco na sela e levei o animal para beber junto das fossas e redis onde ela se escondia.

Disse; e mergulhou nas sombras. No dia seguinte, tomei o rumo da adivinha: era ela, certamente, aquele corvo.[5]

[5] *Ghurab* quer dizer "corvo", ou "gralha".

EXCURSO

Os triângulos de Spíridon

Não foi de todo ignorado pelos sábios que os teoremas da Escola de Crotona, particularmente o relativo ao triângulo retângulo, tiveram um significado mais metafísico do que matemático. Não é à toa que se conta ter sido oferecida uma hecatombe aos deuses em função dessa tremenda descoberta. Pessoalmente, não creio na hecatombe, como fato histórico, uma vez que seu caráter violento e imoderado contradiz os preceitos da Escola. Mas certamente a lenda não é casual e pode estar relacionada à doutrina da imortalidade e da transmigração das almas, que se dá a cada cem anos.

Foi o que supôs Spíridon, nascido Naim, na tribo de Labwa, que adotou um nome grego por ter sido o primeiro beduíno árabe a obter cidadania romana, tendo deixado as tendas do deserto para calcar os mesmos caminhos trilhados por sua alma, em outras vidas e passados corpos.

Spíridon não chegou a ter fama póstuma, mas foi um filósofo de razoável erudição, versado nos livros antigos, de um aguçado talento aritmético. Em Alexandria, chegou a ter de cor a disposição da Biblioteca. Mas foi também aos subúrbios, onde desceu às criptas e celebrou mistérios. Aprendia a ler nos papiros egípcios ao mesmo tempo que dançava nu diante do mar e bebia leite em tetas de jumenta.

Ávido de conhecimento, que não dissociava da experimentação mística, uniu-se a um grupo de geômetras que emigrava para Rodes, dispostos a contemplar a perfeição do Colosso e a resolver o problema da quadratura do círculo.

É preciso restabelecer aqui uma verdade histórica: foi Spíridon, não Ptolomeu, quem primeiro aproximou da expressão 3 + 17/120 o valor de π. Talvez não tenha revelado o achado porque, tão logo o obteve, descreu completamente da possibilidade de expressar π por qualquer fração. O número π, a área do círculo unitário, simplesmente inexistia na natureza.

Essa frustração foi decisiva para que fosse despender sua energia no estudo interminável dos triângulos, particularmente no dos triângulos retângulos. As inúmeras propriedades geométricas dessas figuras levaram Spíridon a concebê-las como partícipes do equilíbrio divino do círculo, de que seriam manifestação mundana.

E a teoria da reencarnação surgiu daí: o homem era uma mutável associação triangular de matéria, espaço e tempo. E a alma, o somatório dos ângulos, em comunhão com a eternidade e o infinito circulares.

Uns poucos descrentes tiveram logo uma demonstração irrefutável de tais razões, porque Spíridon começou a recordar objetos e pessoas que coexistiram com ele no passado. Inicialmente, reconheceu, entre o espólio de um rico mercador de escravas, uma cratera lavrada em prata, com uma inscrição enigmática em pedras preciosas que facilmente decifrou — pois se tratava de obra dele mesmo quando fora Mnêsarcos, escultor sâmio morto havia cerca de seiscentos anos.

Partiu, então, para Samos, onde identificou, em epigramas funerários, hexâmetros de sua autoria, quando fora Lísias, medíocre poeta de Míletos, falecido uns cem anos depois.

Em Míletos, o rosto de uma prostituta o conduziu a Naxos. De Naxos, foi a Cirene, seguindo a pista do sinete de um arconte de quem fora serva. Lá, após interrogar um condutor de mulas, embarcou para Biblos, na costa fenícia, e desenhos num tapete o fizeram partir para Jerusalém, na Judeia.

A viagem foi desagradável. Spíridon foi ridicularizado por um gramático inconveniente, que adorava espezinhar filósofos.

— Não creio em nada disso, nem em reencarnações, nem nessa tua capacidade de recordar vidas antigas.

— Pois é um dom dos sábios. Ouviste falar do mestre de Crotona, quem primeiro rastreou a história da própria alma e podia estar em dois lugares ao mesmo tempo?

— Besteira. Lendas primitivas, tão ridículas quanto as fantasias de Homero.

— Não. Não são lendas. É um poder que se adquire da interpretação esotérica dos triângulos. Toda coisa, todo evento, todo movimento deve sempre ser observado em três de seus aspectos. A relação entre estes — ou seja, o triângulo que formam — define seu caráter metafísico.

— E quem não poderia alegar ter memória de uma cratera centenária ou do rosto de uma meretriz?

— Posso provar o que digo. A cratera apresentava um motivo recorrente, formado por doze pedras. Fui a Samos. Todas as obras atribuídas a Mnêsarcos tinham motivos similares, sempre de doze pedras. Ou seja, equivalem à letra μ, inicial de *Mnêsarcos*, o homem que fui há seiscentos anos.

— Mera coincidência. Doze é um número que aparece em todas as fábulas: na dos trabalhos de

Hércules, na das figuras do Zodíaco, na dos deuses do Olimpo, e até na das doze tribos fundadoras desse povo da Judeia.

— Mas não na face da mulher de Míletos, de quem tracei a genalogia inteira...

— Traçaste a genealogia de uma puta?! Ora, Spíridon!

Spíridon ainda tentou segurar a discussão, lembrando que tivera a pretensão de concluir a doutrina inacabada do mestre de Crotona sobre o mais perfeito dos triângulos retângulos — o de lados 3, 4 e 5, único cujos lados formam uma sequência ininterrupta de números inteiros e cujo perímetro é 12 (número divino por excelência). Mas tinham entrado em Jerusalém e eram atropelados por uma multidão confusa.

— Condenados a morrer na cruz — berrava um árabe.

O gramático entrou numa taberna, enquanto Spíridon, seduzido pelo burburinho das pessoas, foi, no meio do tumulto que seguia os homens. As vielas estreitas e cheias de gente pareciam aumentar o sofrimento dos três criminosos que, sob a chibata dos guardas, arrastavam as próprias toras de que iriam pender.

— São dois ladrões e um impostor — ouviu dizerem, num grego péssimo.

O horror fascina. Às vezes, mais que a beleza. Foi o que sentiu Spíridon quando o cortejo atingiu um monte dos arredores da cidade. Detido pela aglomeração à sua frente, apenas distinguiu o ruído dos cravos sendo batidos e o uivo lancinante dos justiçados. Só após as cruzes terem sido levantadas, pôde vê-las, quais esboços de triângulos retângulos.

Era o estímulo para uma exegese alegórica. Spíridon analisou a cena: três pessoas em três cruzes, cada cruz com quatro extremos — 3, 3 e 4: portanto, um triângulo isósceles de perímetro 10 e de altura menor que a base — signo da natureza humana. Altura menor que a base indica maior propensão à terra que ao céu. O valor do perímetro, 10, é o dobro de 5 — que são os extremos do corpo físico. A qualidade de isósceles, ou seja, a de possuir dois lados iguais, representa o equilíbrio do Bem e do Mal.

Súbito, um esbarrão e um vozeio estrídulo lhe dispersaram o pensamento. Olhou em volta, receoso; os indígenas andavam agitados por demais. E até uma mulher, agressiva, histérica, tentava avançar na direção das cruzes enquanto era contida pelos cabelos. Spíridon afastou-se um pouco, buscando a proximidade das sentinelas romanas que jogavam dados.

Ficou ali, observando o caminhar da morte, até ver expirar o último dos três. Foi quando encarou o crucificado que jazia no meio. Havia algo naquele rosto, traços que o faziam relembrar alguém. Olhou devagar, com atenção, e uma imagem repentina dominou-lhe a mente. Já não tinha dúvida. Há seiscentos anos vira nascer aquele homem.

— Por Allah! — gritou, no idioma nativo. — É Pitágoras!

[A partir do quarto século, filósofos gentios que se convertiam à fé do Império passaram a disseminar a versão de que Spíridon teria contado três cruzes, quatro pontas e (em vez de três) cinco pessoas: dois ladrões e três entes divinos reunidos no impostor, o que resultava no triângulo retângulo perfeito, de lados 3, 4 e 5 e perímetro 12. Minhas fontes não autorizam semelhante quimera. E não creio que isso aprimore o Teorema.]

yá

28ª letra

como número, 10

numa sequência, o 10º

inicial de يمن, direita,

e يسار, esquerda

Três têm fé:

o persa, no seu horóscopo;

o judeu, na sua lei;

o árabe, no seu camelo.

(anônimo)

Depois de cruzar desertos, enfrentar tempestades, escalar escarpas de pedras incertas e mergulhar em desfiladeiros escusos e sombrios, al-Ghatash defrontou o Mosteiro da Caverna. Deve ter visto, do alto do precipício que encobria a construção (hoje demolida), o vale fértil, os poços de água limpa, a pequena aldeia de monges que criavam ovelhas e cultivavam tâmaras; e — bem abaixo, na parede da fenda, coalhada de rochas — as pedras que formavam a escada e terminavam na fachada da igreja, prolongada pelo interior da caverna.

Al-Ghatash deve ter contornado as ravinas para descer ao povoado. Vestígios da inclemência dos Ghurab ainda eram nítidos: cruzes sobre sepulturas recentes; pomares arrasados; carcaças entulhando a entrada dos redis.

O filho de Labwa provavelmente pediu pouso e água para a camela. Mas ninguém respondeu. O poeta certamente insistiu, perguntou a direção tomada por Ghurab, e continuou sem resposta. Possivelmente se dirigiu mais de uma vez à meia dúzia de monges que se achava por ali e não deve ter demorado a perceber que todos eles eram mudos.

O poema é um tanto confuso nesse passo, mas parece que al-Ghatash, irritado, feriu um e arrastou outro pelos cabelos. Estranhamente, não houve reação. Por mais que indagasse, por mais que dissesse, os cenobitas baixavam os olhos, como porcos procurando cascas num chiqueiro.

Al-Ghatash atravessou o silêncio do povoado e foi na direção da igreja. Subiu os degraus e invadiu o templo, agora aos berros, esfacelando com o alfanje a mobília tosca que encontrava pela frente, à medida que caminhava para o interior. Exigia alguma informação sobre a tribo de Layla. E ameaçava destruir tudo, se ao menos um ser humano não lhe dirigisse a palavra.

A seção edificada da igreja emendava na pedra, de maneira que parte dela era construída, parte formada pela concavidade natural da rocha. Essa fração mais ampla ia-se estreitando até terminar numa espécie de garganta (onde se supõe ficasse o altar), que seguia numa fenda apertada, mas bastante alta, cheia de nichos laterais, que faziam as vezes de cela. Era nesse corredor quase sem ar e mal iluminado que consistia o monastério propriamente dito.

Lá dentro, quatro homens trabalhavam. Cada um na sua cova. Suavam, estavam sujos e só desprenderam os olhos dos pergaminhos quando al-Ghatash arremessou uma lanterna de azeite sobre um deles. Debelaram as chamas com os próprios buréis.

— Ponho fogo no resto se não me disserem por onde foi a tribo de Ghurab. Estive com a adivinha manca. Sei que passaram por aqui.

Um dos monges, então, bateu com os pés no chão, chamando a atenção dos outros. Al-Ghatash assistiu a uma cena insólita: os quatro discutiam por escrito, riscando letras na areia com a ponta de um bastão.

Al-Ghatash ia alcançar outra lanterna quando pareceram ter chegado ao fim. Ainda sem falar, o que batera os pés entrou numa das celas, pôs algumas coisas num bornal e tocou o braço de al-Ghatash, apontando para a entrada da caverna.

Lá fora, parou ao lado da camela. Al-Ghatash, enfim, compreendeu: o monge mudo iria colocá-lo no caminho de Ghurab.

PARÂMETRO

Zuhayr

Zuhayr é quase o antípoda perfeito de al-Ghatash. Têm em comum apenas a circunstância de comerem com a mão direita. Uma imagem antiga diz que a vida de al-Ghatash seguiu o rastro sinuoso da serpente; a de Zuhayr, um tronco reto de palmeira.

Entre árabes, a modéstia é uma vileza; e Zuhayr, orgulhoso de ser um dos extremos de uma linhagem de poetas, desprezou al-Ghatash, que descendia de pessoas comuns: "só é boa a lança quando a verga é boa", "a palmeira só prospera se a raiz for funda" — são máximas que têm origem em versos de Zuhayr.

Zuhayr, signo da dignidade e da prudência, foi o único poeta árabe a não cingir armas. Por se ter privado desse prazer é que deve ser considerado herói.

É comum atribuir-se aos sábios míticos o dom da vida longa. Dizem de Zuhayr exatamente isso. Pode ter chegado a cento e vinte anos. Seu Poema Suspenso, que celebra o fim de um conflito de quatro décadas, é uma fonte inesgotável de provérbios sapienciais:

O destino escoiceia como camelas cegas.

Dissimular, para não ser mordido pelas feras, nem pisoteado por camelos.

Quem não defende seu poço com a espada ficará sem beber.

Quem se rebela contra a haste da lança obedece à ponta.

A língua faz a metade dos heróis. O coração, a outra. O resto não passa de um punhado de sangue e carne.

Quantos não parecem bons antes de abrirem a boca?

Não será preciso uma leitura muito atenta para perceber-se que a terceira sentença não é congruente com a personalidade pacífica e conciliadora de Zuhayr.

A explicação usual — mais óbvia — é a que atribui a um outro poeta esse verso, tardiamente interpolado no poema de Zuhayr por possuir o mesmo metro e a mesma rima.

Quero chamar a atenção para o fato de que não apenas a rima e o metro, mas o estilo é claramente o de Zuhayr. O verso é, portanto, autêntico. Apenas pertence a um outro poema, já perdido, que não faz invectiva contra a guerra, mas é uma espécie de *ars amatoria* do deserto, um guia prático do amor carnal.

Zuhayr foi um grande experimentador nessa matéria. Suas simulações eróticas envolveram mais de setecentas mulheres, de todas as raças, castas e idades. Aos noventa anos, ainda era capaz de dar prazer a onze esposas jovens, simultaneamente.

Foi Zuhayr quem descobriu que ceder a uma paixão é o mesmo que perdê-la. Mas sua teoria apontava no sentido inverso das doutrinas sublimacionistas, como a de Buda. Submeteu-se a ela, como no caso que inspirou a abertura do poema, classificado entre os sete grandes da Idade da Ignorância.

Nele, Zuhayr contempla os restos mudos das tendas da mãe de Awfa, nos montes arenosos, lembrando finos traços de tatuagem; observa os antílopes de olhos grandes e as gazelas brancas, rebanhos sobre rebanhos, ao lado dos filhotes que saltitam por mamar. É nesse local que afirma ter parado, depois de vinte anos, mal percebendo os rastros, por mais que tentasse.

A cena é a clássica, com que todos os poemas tinham de se iniciar. O que chama a atenção aqui são os vinte anos. Será que Zuhayr não teria tido uma oportunidade, em tanto tempo, de encontrar a mãe de Awfa, se conhecia os paradeiros tradicionais da tribo, se havia tantas feiras onde essas tribos se encontravam?

O mistério pode ser entrevisto na sequência do texto: Zuhayr conclama um companheiro a seguir os palanquins, que vão pelos leitos secos dos rios temporários, na direção dos poços perenes; e passam por desertos de areia branca, transpõem desertos de areia vermelha, correm para a frescura dos oásis; e lá, diante das águas azuis de um lago transbordante, se desfazem para deixar descerem as mulheres, que mergulham, nuas.

Era esse amigo, e não Zuhayr, quem acompanhava a transumância da tribo da mãe de Awfa. A mãe de Awfa — conta-se — sempre retardava a partida, na esperança de ser alcançada por Zuhayr. Mas Zuhayr empregava todos os ardis para chegar ao acampamento muitos anos depois.

Mas sempre esteve atento às narrações do companheiro. Esse indivíduo, no entanto, de quem a história não guardou o nome, não tinha talento para descrever a mãe de Awfa com a precisão dos poetas.

Zuhayr, amando a mãe de Awfa como nunca amou ninguém, surpreendia as incautas e, antes de qualquer reação, lhes puxava o véu.

"Tu és mãe de Awfa", dizia; e viveu cem anos.

kaf

22ª letra

como número, 20

numa sequência, o 11º

inicial de كريم, nobre,

e كلب, cão

Dois são inocentes:
a mulher bonita;
o homem armado.
(anônimo)

Depois de atravessarem areias vastas, depois de al-Ghatash ter pilhado uma camela para o monge, depois de pernoitarem sete vezes enrolados em tapetes, uma voz quebrou, em árabe, o silêncio do deserto.

— Meu nome é Macários. Faz sete anos que não digo uma palavra.

O filho de Labwa ouviu, então, a história do jovem que abandonara a casa dos pais, em Damasco, e fora buscar o desterro voluntário na profundeza inóspita do Mosteiro da Caverna.

Abba[6] Chacur, o mais velho dos anacoretas, que fora um dos descobridores da caverna e levantara a igreja com os primeiros companheiros, passou a tratá-lo como a um filho. Macários foi, de certa forma, um confidente do *abba*. E foi nessa condição que soube da grande tentação que lhe afligia.

Porque esteve, há muitos anos, pedindo pouso no mosteiro, uma adivinha velha e manca, trajada com farrapos negros. *Abba* Chacur a repeliu, depois de muito tempo em que parecera ter lutado contra uma grande tentação.

Pois aquela gralha (para usar uma expressão de Macários) predissera a morte do *abba*, lendo as marcas de seus pés na areia, e o incitara a decifrar um enigma cuja solução o faria retroceder no tempo.

O velho *abba* escreveu o texto desse enigma no verso de uma tabuinha, que trazia na frente uma cruz em baixo-relevo. Gravara as palavras como as escutara da boca da adivinha, sem traduzir para os idiomas usuais da época.

---

[6] *Abba*, "pai" em aramaico, era um tratamento respeitoso que se dispensava aos monges velhos.

Duvidarão os eruditos, pois o árabe era ainda uma língua sem escrita. Não sabem eles que *abba* Chacur vinha trabalhando, há muito, na sistematização de um alfabeto árabe, que não chegou a divulgar.

Abba Chacur decifrou o enigma. Mas seu horror foi tal, seu remorso foi tão grande, que decidiu impor-se a penitência do silêncio. Macários o acompanhou; e os outros monges, mesmo sem saberem o motivo,- até porque todas as indagações permaneceram sem resposta, também ficaram mudos.

Todavia, *abba* Chacur vivia tentado pelo misterioso texto. Enterrara o baixo-relevo na areia, para tentar esquecê-lo, e começara a aperfeiçoar seu alfabeto, traduzindo os evangelhos.

Certa noite, *abba* Chacur pareceu vislumbrar o vulto da adivinha manca. Levantou-se da cela, apressado, mas tudo o que encontrou no pé da escada foi um desses ratos do deserto, que escavava a terra, exatamente no local onde o velho cenobita ocultara a tabuinha.

Abba Chacur cedeu, mais uma vez. E se preparou longamente para a experiência, calado sempre, metido com cálculos complicados, esquecido de comer. Porém, precisamente no instante em que o fenômeno principiava, Ghurab atinge as cercanias do mosteiro.

Não pretendiam saber do enigma. Queriam apenas o paradeiro da adivinha manca. Só que nenhum monge violou a interdição do silêncio.

E *abba* Chacur, olhos fixos num ponto do céu, estático no alto da escada da igreja, não viu a chegada dos Ghurab, não viu que traziam tochas, não os viu descer das éguas resfolegantes, não viu que indagavam, não viu que espancavam mesmo os velhos, não viu que derrubavam palmeiras, não viu que punham fogo nos redis, e não viu a lâmina de um dos sabres de Dhu Suyuf.

Macários assistira aos acontecimentos no mesmo plano de *abba* Chacur. Também olhou para o ponto luminoso em que o *abba* parecia se deter no momento da aproximação fatal de Dhu Suyuf. E viu, rapidamente, repetir-se a cena: ele no degrau imediatamente anterior ao do *abba*, a chegada dos Ghurab, as tochas acesas, os homens descendo das éguas, as perguntas, os velhos espancados, o incêndio dos redis, as palmeiras derrubadas e a lâmina dos sabres de Dhu Suyuf.

Ghurab levou o cadáver de *abba* Chacur, como fizera com o de Bulbul. O que Macários prometera aos outros monges do mosteiro, discutindo por escrito diante de al-Ghatash, foi resgatar o corpo do ancião querido, para lhe dar sepultura, no fundo da caverna.

Al-Ghatash não precisou perguntar se, entre os objetos apanhados pelo monge e colocados no bornal, estava a tabuinha que continha o enunciado do enigma.

EXCURSO

O naufrágio de Sinbad

Os leitores ocidentais das *Mil e uma noites*, particularmente os que folhearam a tradução de Galland, certamente conhecem bem a história dos dois Sindbad, o navegador e o carregador (um deles, o Sindbad carregador, dependendo da edição, dito também Hindbad). Os mais eruditos devem ter ouvido falar de um terceiro Sindbad ou, mais propriamente, Sindabad — príncipe persa protagonista de um livro que conta a história de sua educação, à maneira da *Ciropedia*, de Xenofonte.

O quarto Sinbad — que não é nem Sindbad, nem Sindabad — é o legítimo, o mais antigo dos quatro, cujo demérito consiste apenas em não ter havido livro que desvendasse suas aventuras.

Sinbad foi o servo predileto de uma viúva enriquecida no comércio de mirra e incenso, até o dia em que embarcou num porto do Mar de Omã, rumo aos empórios da Índia.

Nem sempre os ventos são constantes, e o navio de Sinbad perdeu a rota, indo vagar a esmo sobre as ondas. Um a um, foram morrendo os tripulantes. Sinbad sobreviveu, por ter conseguido ocultar do capitão uma saca de tâmaras entre os corpos insepultos que a religião pagã não permitia se lançassem ao mar.

E foi naufragar, quando já era o único sobrevivente, na costa de uma ilha perdida no meio do oceano. Sinbad jamais poderia imaginar que os homens que o resgataram falassem árabe.

— Somos náufragos e filhos de náufragos — disse um deles. — Trocamos um deserto pelo outro.

A ilha era pequena, mas tinha tudo: rios de água doce, árvores frutíferas e, embora não houvesse caça, a pesca era abundante nas diversas enseadas que a recortavam. Sinbad só estranhou, quando subiu ao promontório onde habitava a população, o fato de quase não haver mulheres entre eles.

— Esta é uma ilha maldita. Estamos todos condenados. Procure não sair da cabana, depois do pôr do sol.

Não estaria narrando esta história se Sinbad tivesse obedecido. Naquele mesmo dia, sem conseguir dormir, ouviu estranhos ruídos do lado de fora. Arrastou-se sem fazer barulho e pôde ver um movimento soturno de homens, que entravam e saíam de uma choupana ampla, a mais alta da aldeia, situada no ponto mais elevado da ilha.

Quando acordou, no dia seguinte, teve a notícia:

— Mataram mais duas, ontem.

Sinbad então soube que as mulheres da ilha vinham sendo sistematicamente assassinadas e devoradas, sempre à noite, sem que descobrissem quem era o assassino.

O tempo passou e era sempre a mesma coisa: um movimento furtivo em torno da choupana grande, à noite, e mulheres mortas, às vezes totalmente descarnadas, de manhã.

Mas Sinbad nunca se arriscara do lado de fora, até que um dos homens o despertasse, certa vez.

— Você também pode vir. Já é um de nós.

Quando entrou na choupana, viu: as mulheres da ilha, as poucas que restavam, estavam deitadas em toscas esteiras de fibra, visitadas por homens que se sucediam, indistintos, sobre elas. Sinbad também teve a sua vez.

Nem a intimidade com os homens lhe permitiu saber por que as mulheres eram mortas daquele jeito. Mas, quando o número delas diminuiu a ponto de quase se extinguirem, não apenas Sinbad mas todos na ilha descobriram o mistério. Porque elas já não se atacavam sob a proteção da noite, mas a qualquer hora do dia. Eram já as últimas remanescentes de uma vasta população; e eram, também, as mais ferozes.

Sinbad nunca esqueceria o modo como, de repente, uma se lançava contra a outra, de cabelos soltos, rugindo, tendo como arma apenas os dentes e as unhas, matando e comendo a carne crua das derrotadas, e lambendo o sangue.

Com a redução cada vez maior do número delas, a disputa entre os homens para penetrar na choupana grande tornou-se, também, mortal. Sinbad estava entre os mais fortes. Por isso, teve o privilégio de conhecer, junto com os outros vitoriosos e as meninas impúberes ainda mantidas no estado humano, a derradeira mulher-fera, Labwa, leoa soberana — que devorou sem ter sido devorada.

Enquanto permaneceu na ilha, Labwa teve onze maridos e gerou muitos filhos, príncipes e princesas da futura tribo que teria seu nome. Ao mesmo tempo, as meninas anteriormente poupadas iam dando à luz as linhagens de servos.

Quando a rainha estava prestes a morrer, redescobriu a arte de fazer navios e revelou a rota do retorno. E foi Sinbad quem os conduziu de volta ao continente. Ninguém sabe exatamente como. Mas suspeitam de que tanto Labwa quanto as outras mulheres devoradas mantinham oculto esse segredo, desde o tempo em que começou a luta; desde o tempo em que podiam ter voltado e decidiram ficar, até conhecerem quem, dentre elas, era a mais voraz.

lam

23ª letra

como número, 30

numa sequência, o 12º

inicial de لحم, carne,

e لبن, leite

Se não possuir, roube.

(Ali Babá)

Certa vez, quando entrava com fome e sem dinheiro num restaurante árabe da Rua Senhor dos Passos, chamou minha atenção um enorme libanês que comia quibe cru e contava histórias no estilo das *Mil e uma noites.*

Simulei interesse, para me aproximar do quibe. E fiquei ali, escutando, em pé, enquanto aguardava a melhor oportunidade. Num certo passo, o homem emendou qualquer coisa sobre uma montanha lendária, denominada Qaf.

Pedi esclarecimentos sobre o tema, fingindo desconhecê-lo, sem contudo me distrair do objeto principal. E tive sorte: o libanês, pegando num pão árabe, começou a explicar que — segundo a crença dos antigos beduínos — a Terra era concebida como um plano circular, à feição daqueles pães. E que Qaf era uma enorme montanha mítica, que circundava, delimitava e mantinha a Terra em equilíbrio.

Aproveitei o ensejo para sentar e pegar num outro pedaço de pão, enquanto indagava se o libanês tinha ouvido falar do gênio Jadah e de uma sua eventual relação com um enigma que levava o nome da montanha.

Notei que nada escutara a respeito de enigmas. Também não sabia que o gênio era caolho. Não conhecia a versão que dava como causa da cegueira a espada de Alexandre Magno. Segundo ele, o gênio sempre fora cego, dos dois olhos.

Começou, então (enquanto eu partia o pão debaixo da mesa e roubava pequenos pedaços do quibe), a narrar histórias de pessoas que tinham sido vítimas do testemunho de Jadah, no deserto.

Quando perguntei se sabia por que Jadah tinha ficado cego, o libanês se remexeu excitadíssimo e revelou (como se fosse um segredo) que o gênio tinha uma espécie de catarata ou glaucoma.

— Conheço muitas histórias sobre Jadah. — E continuou a falar, de boca cheia.

Saí em seguida, naturalmente sem pagar, e fui fazendo o inventário das histórias do libanês. Em nenhuma delas havia cenas como a da adivinha manca e a do monge Macários, que tinham revisto o passado olhando um ponto no céu.

O libanês, portanto, não sabia de que modo o fenômeno ocorria. As narrativas que enfiou nos meus ouvidos tinham as abordagens convencionais das histórias de máquinas do tempo, em que são as pessoas que viajam grandes distâncias no passado ou no futuro. Na *Qafiya* é o passado que se revê como se fosse um filme.

Mas a hipótese de que Jadah fora acometido de glaucoma ou catarata foi particularmente fecunda.

No estágio em que minha reconstituição da *Qafiya* se encontrava, vibrei com a associação de ideias que me ocorreu: a do olho opaco de Jadah fazendo as vezes de uma espécie de tela onde o filme do passado fora exibido para a adivinha e o monge. O ponto no céu procurado pelo *abba* Chacur e visto por Macários devia corresponder precisamente ao olho cego, não arrancado por Alexandre.

Isso dava verossimilhança àqueles episódios do poema e, fundamentalmente, fazia vislumbrar uma função específica para o telescópio do velho Nagib: localizar o olho cego de Jadah.

PARÂMETRO

Shânfara

Há dois fatos importantes que comungam os destinos de al-Ghatash e Shânfara. Shânfara renegou a própria tribo, atitude que al-Ghatash acabaria por tomar. O poema de al-Ghatash, a *Qafiya*, nunca integrou o rol dos poemas premiados — o mesmo acontecendo com a *Lamiya* de Shânfara.

O caso da *Lamiya al-Arab* (o poema árabe em *l*) é de fato surpreendente. A exemplo do texto de al-Ghatash, o poema de Shânfara foi também considerado uma falsificação, obra de um gramático do século 10, especialista na poesia pré-islâmica, particularmente na das tribos originárias do Iêmen — como a de Shânfara.

Espanta, é verdade, o fato de não ter figurado em nenhuma das coleções antigas. Creio que o preconceito contra os poetas-bandidos explica tudo.

Shânfara foi um desses anti-heróis, exilados da tribo, perseguido por homens do seu próprio sangue, vivendo apenas por sua conta e risco, sem ninguém para vingar-lhe a morte.

Ainda criança, foi capturado pela tribo de Fahm, inimigos viscerais de Azd, tribo de seus pais, mortos no episódio. Certo dia, como a guerra entre as duas tribos não cessasse, um homem de Fahm foi raptado por cavaleiros de Azd, parentes próximos de Shânfara. E o futuro poeta foi dado como resgate.

Shânfara, pequeno, não tinha lembrança desses fatos; e não soube dessa história até o dia em que se apaixonou pela jovem Umayma, que acabava de ser dada a um dos príncipes da tribo.

Uma mocinha despeitada — que Shânfara temia poluir com seus beijos de criado — acabou revelando a verdade: Umayma era prima de Shânfara, que tinha preferência para desposá-la. Indignado, o poeta foi interpelar o tio, para saber por que nunca fora reconhecido como um membro legítimo de Azd. A resposta foi a vergonha do silêncio.

— Não descansarei sob as areias enquanto não matar cem dos filhos de Azd, porque fui tido como escravo em minha própria tribo!

Começa então a vingança de Shânfara, que passa a viver entre as feras do deserto. A *Lamiya al-Arab* celebra essa animalidade.

Tenho parentes mais próximos: chacais, que não se cansam; leopardos de pelo lustroso; hienas de crina espessa.

São primos que não revelam segredos, nem abandonam os que cometem crimes.

As cabras da montanha andam ao meu redor como virgens arrastam túnicas talares,

e atingem o pico no crepúsculo, ao meu lado, como se eu fosse o macho de chifres longos, seguindo na direção da vertente, as pernas tortas.

Shânfara tinha matado noventa e oito, quando foi pego numa emboscada, à noite, durante o mês sagrado, interdito à guerra. No calor da luta, teve a mão direita amputada, mas num lanço de excepcional ferocidade conseguiu atingir mais um com a mão esquerda, perfazendo noventa e nove.

Foi o último ser humano que matou, em vida. Antes de morrer, já incapaz de reagir aos ataques dos homens de Azd, Shânfara recitou:

Não me sepultem, pois meu enterro é interdito a vós, mas alegrem-se, hienas, diante dessas cordas!

Quando carregarem minha cabeça — e minha cabeça já é muito de mim — e o resto de meus ossos ficar abandonado às tempestades,

não terei mais desejos sobre a terra...

Ninguém ligou esses versos ao juramento de vingança, proferido anos antes. E o corpo ficou de fato abandonado na areia.

Quando já estava meio decomposto, a mocinha despeitada passou pelo local, cuspindo, praguejando, pisando violentamente a carniça de Shânfara. Dizem que depois chorou e deu sepultura ao cadáver. Mas morreu com a infecção do ferimento provocado por um osso do poeta-bandido, que lhe entrara pelo calcanhar, no momento do pisão.

Shânfara completava os prometidos cem.

Este é o exemplo mais impressionante do dom poético de Shânfara, que o aproxima dos adivinhos e dos feiticeiros. Chegaram a espalhar que não era um homem, mas um dos gênios resistentes ao poder de Salomão. São tolices, evidentemente. Como bandido e como poeta, Shânfara sabia que o amor tem normas óbvias demais, lógicas demais, previsíveis demais para que alguém possa escapar impune.

mim

24ª letra

como número, 40

numa sequência, o 13º

inicial de مري ء, viril,

e مر, amargo

Por que pedir a Deus,
se posso comprar na feira?
(o pérfido Mundhir)

Do alto do Ninho do Falcão, entre os destroços de um antigo alcácer, avistei, no centro do nada, as tendas negras dos filhos de Ghurab, como grânulos de esterco ressecado. Tinha nas mãos o bornal de Macários, contendo o enigma de Qaf. Tinha no horizonte a possibilidade da beleza de Layla, oculta sob o véu.

Se a adivinha manca dissera mesmo a verdade, bastava decifrar o enigma para ter aquela face desvelada. Abri o bornal e derramei o conteúdo: eram pergaminhos, peles, um toco de cálamo, três ou quatro penas, uma lasca de pedra afiada e um amuleto de madeira, com uma cruz entalhada num dos lados e uma inscrição pintada no outro.

— Decifra-me isso, monge, ou te corto o pescoço.

E arremessei o amuleto contra o rosto de Macários. O monge o revirou entre os dedos, desapontado.

رأس عل شمس
رجل عل شهر
عين عل عشر
[7]جده عل قف[7]

Dos damascenos que o viram nascer, assimilara a tolice e a covardia.

— Compreendo o grego e o aramaico, mas não conheço o alfabeto em que o enigma está escrito. O segredo desses sinais foi enterrado com o corpo do *abba* Chacur.

Infeliz de mim, que não sabia ler nenhuma escrita e não podia ceifar o pescoço de quem sabia duas.

— Pois desvelarei Layla, mesmo sem decifrar o enigma.

---

[7] Nessa época, ainda não se grafavam as vogais longas. Modernamente, teríamos على em vez de عل; عاشر em vez de عشر, e قا ف, em vez de قف.

Descemos o monte como se estivéssemos sobre avestruzes. De longe, ouvi ladrarem rafeiros. Vi tremularem bandeiras. Foram trinta e três os homens que se acercaram de nós, lanças como bicos do peito de mulheres com frio.

— Os filhos de Ghurab não precisam temer a força de al-Ghatash. Vim disposto a informar o paradeiro da adivinha manca.

Quando apeei diante do xeque, notei lábios que sorriam.

— Cheguei para levar a irmã de Sabah. Ofereço quatrocentos e quarenta camelos, a serem entregues em Meca, no mês da peregrinação, juntamente com os duzentos e vinte pactuados por Sabah, além de revelar onde encontrei a velha manca perseguida por Ghurab.

— Pois será tua a irmã de Sabah — disse al-Muthanni — quando homens de Ghurab, pelo rastro da tua boca, trouxerem a adivinha para as tendas da tribo; quando os seiscentos e sessenta camelos forem entregues em Meca, no mês da peregrinação; quando o poeta de Labwa vencer mais um duelo contra quem Layla escolheu.

Não entendi bem aquela terceira condição. As irmãs estavam sendo confundidas. Al-Muthanni percebeu minha estranheza.

— E quem é — perguntei — meu oponente?

— Aquele — disse o xeque apontando para um dos trinta e três que nos guardavam. Olhei e vi um homem com dois sabres na cintura: Dhu Suyuf.

EXCURSO

Os signos miméticos de Nakhl

Os historiadores da cultura, mais especificamente os que trataram da evolução da escrita, são unânimes em atribuir a invenção dessa arte aos sumérios; e a descoberta do alfabeto, aos fenícios.

A superioridade da escrita alfabética sobre as demais reside na reduzida quantidade de signos necessários para representação de todo o vocabulário — o que torna obsoletos sistemas como o ideogrâmico chinês, o pictórico egípcio (também chamado hieroglífico), e todos os silabários, de que pode ser exemplo o sânscrito.

A prova apresentada da precedência fenícia nesse domínio não está apenas nos testemunhos arqueológicos. É relativamente fácil perceber que são as letras fenícias que deram o modelo para a gênese de todos os demais alfabetos, através de dois dos seus mais antigos descendentes: o aramaico (de que se originaram o hebraico moderno, o árabe, as escritas indianas etc.) e o grego, matriz dos grafemas etruscos e, depois, dos latinos, empregados praticamente em todas as línguas europeias.

Graças a essa excepcional economia, a essa fabulosa capacidade de representar as palavras por seu som e não por sua ideia, os estudiosos supõem que o impulso para a criação da escrita alfabética foi de ordem prática, fruto de alguma necessidade comercial ou diplomática. E raros são os que, nesse campo, ligam o surgimento do alfabeto ao fenômeno religioso.

Tolos, todos eles. O alfabeto foi concebido por uma mulher que desejou aprisionar o tempo.

Disse há pouco que a escrita fenícia deu origem a todos os sinais alfabéticos conhecidos. Há, como sempre, uma exceção. Porque foram descobertas nas cercanias de Nakhl, no Deserto do Sinai, algumas inscrições indecifradas, de clara natureza alfabética, que não possuem nenhum traço herdado das letras fenícias. A opinião especializada costuma datá-las do início do segundo milênio, o que as torna anteriores às primeiras inscrições fenícias.

Com efeito, há quatro mil anos, árabes das tribos de Qadar, de Madiyan e de Nabat dominavam toda a extensão desértica da Península do Sinai. Como estivesse fechada ao trânsito das caravanas que demandavam o Egito por terra, Faraó enviou um embaixador para negociar com as três matriarcas árabes a abertura de uma rota comercial.

O pacto foi firmado por um escriba do séquito, em signos hieroglíficos. Mas pouco depois, rebeladas contra Faraó, em função do descumprimento de um item do acordo, as tribos de Qadar e Madiyan emboscavam e saqueavam uma enorme caravana hitita, com destino a Mênfis. Nabat recusou-se a participar da retaliação.

— O egípcio aprisionou minha palavra. Não há força que me faça quebrá-la — foi a explicação de Zaynab, a matriarca de Nabat.

Inconformadas, Qadar e Madiyan guerrearam Nabat e acabaram por expulsá-la do Sinai para a região onde se iria erguer a cidade de Petra, futura capital do reino nabateu.

Mas Zaynab não se conformou. Tendo estudado as escritas egípcia e acádica, convenceu-se de que aquela era uma arte mágica, que fixava o passado de maneira irreversível. Não tardou em imaginar a possibilidade de capturar, não apenas o passado, mas o próprio presente, no instante mesmo da sua ocorrência, e estancar o fluxo do tempo.

Mas as técnicas gráficas existentes eram muito complexas, com traçados tão sofisticados que era impossível a um escriba redigir um fato no exato instante em que ocorresse. Isso para não falar nas cuneiformes, com suas cunhas incômodas e pranchas de argila que ainda tinham de ir ao forno. Zaynab simplificou a escrita de tal forma, que chegou à invenção do alfabeto, acelerando sobremodo a arte de escrever. As referidas inscrições sinaíticas foram criadas por Zaynab, antes de ser expulsa da península.

E Zaynab não parou aí. Do sistema gráfico "isolante" (em que as letras não se ligam às seguintes) a matriarca de Nabat evoluiu para a escrita cursiva. Esse é o método que a maior parte das línguas adota e é o mais rápido que conhecemos.

Mas Zaynab foi além. Engendrou um modelo em que, escrita uma primeira vez, a letra não necessitava ser grafada novamente, mesmo quando se repetisse numa outra palavra. É difícil descrever o princípio desse estilo revolucionário — mas é fácil intuir que sua velocidade é muito superior ao sistema que empregamos.

Zaynab, assim, conseguiu mimetizar os fatos com a escrita. Após um árduo treinamento, que envolvia a habilidade de traçar os signos na areia com um caniço, chegou a grafar os acontecimentos no exato instante em que ocorriam.

O tempo, então, parou. A história que se sucedeu — da qual fazemos parte — é uma parcela ínfima, desprezível, decorrente de fatos marginais, indignos da atenção de Zaynab, que escaparam à fixação em letras miméticas.

Há quem duvide de tudo isso. Mas a maior prova da existência do alfabeto mimético é que não há, hoje, um único resquício dele; nem há nenhum indício, nenhuma evidência de que houve uma rainha Zaynab, de Nabat.

nun

25ª letra

como número, 50

numa sequência, o 14º

inicial de نهر, rio,

e نهد, seio

O grande mérito do ateu
é não crer no demônio.
(a adivinha manca)

Quando o velho Nagib recitava a *Qafiya*, sentia mais emoção (e normalmente levantava da cadeira de balanço) no episódio do fosso dos cães, segundo duelo entre al-Ghatash e Dhu Suyuf, que poderia ter valido ao poeta um terço de Layla.

Tudo começou quando o filho de Labwa, após ouvir as condições de al-Muthanni, tendo indicado o lugar exato onde os homens de Ghurab deveriam procurar a adivinha manca, pediu pouso para os animais. Queria muito que aquela gente fosse iludida pelo Deserto das Miragens e não chegasse a alcançar o Oásis de Areia. E pensava, certamente, contrariando a predição da adivinha, conquistar Layla sem decifrar o enigma de Qaf.

Deve ter sido artimanha sua, porque al-Ghatash, aproveitando que Ghurab se entretinha com a selagem dos camelos em vez de cuidar das camelas (a distância era demais para os cavalos), foi contornar o acampamento, indo direto (creio que de propósito) para o meio do harém.

Poetas amam as coincidências. Foi no momento exato em que, velada, Layla saía da tenda, acompanhada de algumas tias e de várias primas novas.

— Teus olhos são negras luas cheias engastadas num céu de noite branca!

Porém, cruzando a frente de Layla, cerra a visão de al-Ghatash o cavalo de Dhu Suyuf.

— Cão, filho de cão! — grita o poeta. E, mal puxara o alfanje, Dhu Suyuf estava no chão, empunhando dois. Macários correu para evitar uma tragédia. E os três foram cercados pelos filhos de Ghurab.

— Ele chamou *cão* a Dhu Suyuf. Que façam o duelo do fosso dos cães.

A justa teria lugar no Ninho do Falcão, entre as ruínas do alcácer. Havia nele um fosso escavado na areia, com paredes forradas de pedra, onde devia ter sido o cárcere.

Então, munidos de um varão de pau, al-Ghatash e Dhu Suyuf desceram por ele. Encurralados cada um num canto, teriam de enfrentar onze cães mais ou menos selvagens, açulados ferozmente antes de serem lançados no fosso e atacarem. Venceria o duelo quem primeiro matasse o dobro de animais mortos pelo adversário. Se sobrevivessem aos cães.

O primeiro dos onze investiu contra al-Ghatash. Quase que de imediato, dois outros correram para Dhu Suyuf. Não se sabe se teria pressentido o movimento ou se houve ali alguma espécie de fraude, mas o fato é que o homem de Ghurab, num golpe seco de sola do pé, fracionou sua vara ao meio.

Foram essas metades, com extremidades lascadas à feição de pontas, que as mãos de Dhu Suyuf souberam introduzir na garganta das feras, antes que o poeta de Labwa eliminasse seu segundo cão.

PARÂMETRO

Al-Asha

Que semelhança poderia ter havido entre al-Ghatash e Maymun, filho de Qays? Este último, mais conhecido pelo apelido de al-Asha, foi um poeta míope — cego, segundo outros — cujo talento se mostrou tão excelente que um único verso seu poderia valer uma centena de camelos.

Pertencia à tribo cristã de Bakr e foi notável por mais duas qualidades: ser insuperável na sátira; e imbatível na bebida. O túmulo de al-Asha foi um centro de peregrinação para os bêbados da Arábia, que vertiam vinho sobre a lápide do morto, para celebrar sua memória.

Contam que al-Asha amealhou a maior fortuna pessoal já conhecida desde os tempos da rainha de Sabá. Certa vez, tendo vivido o bastante para ser contemporâneo do Profeta, deparou-se com Abu Sufiyan, tio e inimigo de Muhammad. Interpelado, respondeu que iria até Medina, onde os muçulmanos se refugiavam, para honrá-los com um poema seu.

— Essa lei não serve para al-Asha — disse Abu Sufiyan, temendo que o apoio do poeta contribuísse para a propagação do islão. — É preciso renunciar a muitas coisas. Por exemplo, às mulheres.

— Mas, a essa altura, elas — disse al-Asha, esfregando as mãos encarquilhadas — é que já renunciaram a mim.

— Ao jogo — insistiu o tio do Profeta.

— Posso me divertir dando palpite no dos outros.

— Ao vinho.

— Posso beber água do poço que reservo para meus camelos.

Abu Sufiyan olhou seus companheiros significativamente.

— Tribo de Quraysh, este é al-Asha! Reúnam os camelos necessários para que não lhe reste água no poço!

Al-Asha era capaz de zombar de tudo. Até de si mesmo. Seu Poema Suspenso é o único a conter uma espécie de sátira ao motivo clássico do poeta que chega ao acampamento da amada.

Gostei dela por acaso; ela gostou de outro que não era eu; e esse gostou de uma outra que não era ela;

Mas al-Asha não se resumiu a essa virtude. Sua capacidade de descrever uma cena ou uma forma era tão magnífica quanto particular. Dizem que sua forte miopia contribuiu para esse estilo.

Certa vez, comparou o avanço das hostes persas, numa batalha contra os romanos, ao cair da noite sobre a extensão da terra; e foi capaz de distinguir os soldados, porque uns traziam brincos de ouro reluzentes como pérolas ocultas no regaço das ostras, intocadas pela lama.

São imagens em que se alternam o brilho e a escuridão — não há formas propriamente ditas, não há contornos, não há figuras. Essa tendência fez de al-Asha o primeiro poeta beduíno a descrever uma mulher para ser reconhecida de olhos fechados.

Sob a sombra dos cabelos longos, a face resplandece como espelho, e ela caminha como gazela de cascos feridos sobre o lodo;

percebes que ela se afasta pelo ruído de pulseiras e colares, como arbustos buliçosos, clamando contra o vento;

nenhum jardim das encostas escabrosas, repletos de ervas verdejantes, onde nuvens carregadas desabam copiosamente,

terá um dia exalação de perfumes como a dela; nem será mais belo quando o sol se põe.

Versos assim devem mesmo ser de um míope. A mulher aludida se chamava Hurayra. Pude ter uma vaga noção da sua beleza quando estudei outros poetas, que a descreveram de um modo mais preciso, mais geométrico, mais natural. Mesmo desgrenhada e descomposta, quando esteve de luto, fazia homens tombarem quando surgia da tenda.

Al-Asha também tombou. Mas ocorre que al-Asha era cego. Só mesmo um cego como al-Asha pode ter percebido nela alguma coisa que não fosse apenas proporção e forma.

س

sin

12ª letra

como número, 60

numa sequência, o 15º

inicial de سن, dente,

e سيف, sabre

Quatro são os prazeres:
rir, comer, amar
e conhecer.
(al-Ghatash)

Os trapaceiros que me deram por vencido ainda não conheceram a força do filho de Labwa. Rugirei como um leão quando ataca um bando de gazelas. Matarei como a leoa quando desce a pata sobre o lombo do onagro. Ghurab irá comer o repasto das hienas; e al-Ghatash desvelará a face oculta de Layla.

Partindo do Ninho do Falcão, andei pelo deserto carregando o monge e o enigma. As tribos me aclamaram como quem saúda um príncipe da

Pérsia. As feras se esconderam como quem foge de elefantes furiosos. Até chegar a Yathrib, onde fomos recebidos por um cão sem dono.[8]

Fui abrindo caminho pelas ruas. Nos mercados, Macários se encharcou de vinho com pimenta e quase mergulhou num ensopado de carneiro. Preferi admirar as dançarinas. Tinha jurado não lavar a boca, nem o corpo; não usar perfume, nem alquifa; comer apenas tâmaras e beber só água — enquanto não possuísse a beleza de Layla.

Em frente à sinagoga de Yathrib, Macários me deteve.

— Este é um templo dos filhos de Israel. Aqui há homens de ciência.

Abdurab foi o velho que o fez entrar. Macários carregou o bornal, com os rolos escritos e a tabuleta do *abba* Chacur. Mas Abdurab, rabino de Yathrib, também não soube ler aqueles signos.

— Pois encontre quem saiba!

Disse isso a Macários, que tremia, enquanto lhe arrancava o bornal e espalhava os pergaminhos pela rua. Macários quis salvá-los, ousando segurar meu braço.

— Não faça isso! São do livro de Mateus traduzido pelo *abba*!

---

[8] Yathrib é o antigo nome de Medina, cidade sagrada do islão.

Contive-me para não esbordoá-lo; e o empurrei contra um jumento.

— Estarei esperando no Portão de al-Qubá, do lado de fora da cidade. Mas não irei atrás de quem tentar sair sem o enigma. Flechas é que irão no meu lugar.

Voltei a entrar onze dias depois. Suspeitava que Ghurab rumara direto para Meca e tinha pressa. Macários não estava em lugar nenhum. Minha única alternativa foi tentar a sinagoga.

Abdurab estava mais magro e mais velho. Mas decifrara a tabuinha. Macários, que parecia um esqueleto, desenhava letras numa pele de ovelha, ao lado do cão que nos seguira desde a entrada da cidade.

— Decifrei tudo, até a última palavra. Mas não percebi o sentido delas.

Foi Macários quem me recitou o enigma. Também não compreendi, como costuma acontecer com a casta dos que primeiro devem ser compreendidos.

Abdurab recusou o meu dinar de ouro. Não procurei um outro modo de lhe agradecer. Num de seus olhos fundos, vi que teve pena do monge; no outro, que trabalhara com o prazer de quem faz coisas impossíveis.

Saí do templo e fui selar a camela. No caminho do deserto, cruzei o acampamento da tribo de Salih, cada vez mais ávidos pelo sangue dos Ghurab. Uma mulher, com tatuagens pelas mãos e pelo rosto, meio encoberta sob a tenda, mostrou-me os dentes com malícia. Olhei para a alegria da moça com desesperança.

Os prazeres eram quatro. Apenas Layla poderia me dar o último. Puxei Macários pelo braço:

— Vamos. Há de haver sábios no deserto que ainda possam decifrar enigmas.

EXCURSO

A mulher que dividia por zero

Sendo um povo de poetas, natural que fossem os árabes grandes matemáticos. Ainda no período pré-islâmico, tinham acumulado vasto conhecimento em astronomia, indispensável à orientação no deserto. E devem ser responsabilizados por outras invenções: criaram a trigonometria; praticamente descobriram a álgebra; e desenvolveram o conceito aritmético mais importante — o do número zero. Posso afirmar que tal conquista se deve apenas a duas personagens, sendo uma delas o famoso al-Kwarizmi.

Mas não são os livros que mencionam a história de Málika, filha de Mansur, filho de Sarjun, descendente de Labwa por linha materna, nascida e educada em Damasco, que tecia, cozinhava, montava, flechava, tocava alaúde, recitava todos os poetas, executava a dança dos sete véus, falava e escrevia em sete línguas e calculava com tamanha perfeição que não foi célebre precisamente por essa circunstância.

A história conta — ou diz a lenda — que tudo começou em 658, durante uma partida de xadrez travada no palácio do governador, em Damasco, onde o pai de Málika, cristão ortodoxo, exercia a função de secretário dos novos senhores muçulmanos.

Os jogadores eram os dois maiores daquele tempo: o armeno Hagop e o judeu Zeev. Quatro sábios assistiam à partida e apostavam, cada um, doze dinares de ouro. O primeiro calculava a vitória das brancas, na centésima primeira rodada; o segundo, das pretas, na centésima segunda rodada; o terceiro, também das pretas, mas na centésima terceira rodada; e o quarto, a das brancas, na centésima quarta rodada.

Subitamente, Málika irrompeu por detrás de todos eles, afirmando que o xeque-mate seria dado pelas pretas, na centésima quinta rodada; e lançou ao chão a exata soma de doze dinares de ouro — o que perfazia sessenta apostados.

Os quatro sábios, o governador, os outros circunstantes riram muito daquela insolência juvenil. Mas a partida acabou mesmo na centésima quinta rodada, com a vitória das brancas. Quando os quatro sábios se inclinavam para contar os seus doze dinares — uma vez que nenhum deles acertara plenamente o prognóstico —, Málika se precipitou sobre o montante.

— Os sessenta dinares me pertencem e posso facilmente demonstrá-lo.

— Você apostou nas pretas, e foram as brancas que venceram.

— Os fatos não são bem esses — disse Málika. — Quando a partida teve início, os cinco apostadores detinham doze dinares cada um. Isso foi assim até a centésima rodada. Após a centésima primeira, um dos sábios perdeu a aposta; e os quatro apostadores restantes ficaram com quinze dinares cada um. Após a centésima segunda rodada, três apostadores passaram a ter vinte dinares. Ao fim da centésima terceira, eu e mais um dos sábios tínhamos trinta dinares cada um. Quando esse sábio errou o prognóstico na centésima quarta rodada, passei a possuir os sessenta dinares integralmente.

Houve mais discussão, e Málika aparentemente teria cedido ao argumento de que ninguém ganhara a aposta.

— Se ninguém acertou, devemos então dividir sessenta por zero: 60 ÷ 0 = 0. Os sessenta dinares não pertencem a ninguém.

Por sugestão de Mansur, o governador reteve os dinares que não pertenciam a ninguém e os mandou distribuir aos pobres. Mas Málika não ficou feliz por muito tempo. Percebeu que havia erro em suas contas. Com efeito, 60 ÷ 0 era 0, tanto como 6 ÷ 0 era 0, tanto como 600 ÷ 0 era 0. Se aplicasse propriedades matemáticas elementares, 0^2 seria igual a 60, ou a 6, ou a 600, ou a outro qualquer número — o que era absurdo.

Foi quando Málika declarou que todo número dividido por zero é igual a si mesmo, pois dividir por zero é o mesmo que não dividir.

Os tormentos de Málika começam exatamente nesse ponto, porque se deu conta de que todo número dividido por um também é igual a si mesmo. Zero e um eram, assim, o mesmo número. E dava no mesmo crer em um Deus único ou em nenhum deus.

Para que não a matassem, Mansur mandou prendê-la, em casa. O que não a impediu de, por meio das criadas que a serviam, disseminar novas heresias, como a que negava autenticidade ao milagre da multiplicação dos pães.

Málika deixara de acreditar em frações, na verdade. Para ela, o universo só comportava números inteiros. Frações não eram propriamente números, mas mera expressão de relações de grandeza. Quando se diz meio pão, quer-se dizer um pão com a metade do tamanho de outro. Assim, um pão dividido por dois resulta não em meio pão mas em dois pedaços de pão — e um pedaço de pão é pão também. Dividir, portanto, era multiplicar; e vice-versa.

Cristo certamente repartira os pães. O milagre estava na generosidade, não na mágica da multiplicação.

Pode parecer que nos afastamos do tema da divisão por zero, mas não é isso. Na verdade, Málika logo percebeu que essa teoria só era válida para numeradores iguais a um. Mas esse passo do pensamento foi fundamental para que voltasse a atenção para o problema geral da aritmética das frações.

Havia uma propriedade que lhe chamava a atenção: a assimetria entre numerador e denominador. O valor das frações crescia na medida em que se aumentasse o primeiro e diminuísse o segundo; e decrescia, no caso inverso.

Disso decorria que: primeiro, se o numerador fosse zero, a fração teria o menor valor possível — ou seja, zero; segundo, se o denominador fosse zero, o valor obtido seria o maior possível — ou seja, corresponderia à maior quantidade de coisas contáveis existentes no universo.[9] Numa palavra, ao Último Número.

Definhou, envelheceu, ficou enferma, enfrentou obstinada todas as privações impostas pelo pai, na

---

[9] Segundo os atomistas, esse número é a soma dos átomos de todos os corpos, animados e inanimados, presentes no Juízo Final.

tentativa de calcular o Último Número. Percebera que as quantidades incomensuravelmente grandes apresentavam uma série de distorções — da mesma forma que as muito pequenas (como o 1, por exemplo, que não é par nem ímpar; o 2, primo e par, cujo dobro é igual ao quadrado; o 3, primo consecutivo de outro primo etc.)

Mas prosseguiu, descobrindo quantidades cada vez maiores; e já se aproximava do Último quando, numa noite sinistra, enquanto trabalhava na cela escura e lúgubre, desgrenhada pelo vento frio e fustigada pela areia que penetrava através das frinchas de um postigo estreito, não resistiu às aberrações apavorantes daquelas cifras gigantescas e morreu.

Mansur não se considerou culpado. E não foi. Foram os Grandes Números que lhe mataram a filha: porque eram indivisíveis por 1; porque tinham raiz idêntica ao quadrado; porque, se consecutivos, permaneciam ímpares; e, se somados, tornavam-se menores.

ع

'ayn

18ª letra

como número, 70

numa sequência, o 16º

inicial de علم, sabedoria,

e عشوة, escuridão

Amo o conceito de mulher, somente.
Esta, essa, aquela, aquela outra —
quem me apontará a diferença?
(Imru al-Qays)

Minha maior contribuição ao estudo da *Qafiya al-Qaf* foi seguramente ter conseguido reconstituir o raciocínio do rabino de Yathrib.

Como a maioria dos árabes da época, Abdurab não sabia nem ler nem escrever o próprio idioma. Como rabino, conhecia certamente o hebraico. Devia, assim, ter noção da semelhança existente entre essas línguas.

Quando Abdurab foi encerrado com Macários na sinagoga, dispunha apenas da tabuinha e dos pergaminhos. Estes traziam a versão árabe de Mateus, nos mesmos sinais desconhecidos do enigma.

Não deve ter sido difícil para um homem habituado ao trato de manuscritos descobrir que aquela escrita se compunha de vinte e oito caracteres. Mas isso de nada teria valido se Abdurab não percebesse que esses mesmos caracteres apareciam por vezes destacados, precedendo linhas ou grupos de linhas. Ou seja, que as letras isoladas funcionavam também como algarismos e numeravam os capítulos do texto — exatamente conforme o uso rabínico.[10]

Por ser rabino, por acreditar no valor numérico imanente a cada letra, por acreditar que a ordem de qualquer alfabeto obedece a uma lei transcendental, Abdurab concluiu que o primeiro capítulo do texto árabe estava numerado com um signo correspondente à primeira letra hebraica, e assim sucessivamente.

Postos na sequência em que apareciam nos pergaminhos, vinte e dois dos vinte e oito sinais desconhecidos tinham equivalentes no alfabeto de Israel. Bastava, então, verter a tabuinha para os signos hebreus:

---

[10] Coincidentemente, o evangelho de São Mateus soma vinte e oito capítulos, número de letras do alfabeto árabe. O alfabeto grego tem vinte e quatro letras. Também não é à toa que a *Ilíada* contém exatos vinte e quatro cantos.

ראס על שמס
רגל על שהר
עין על עשר
גדה על קף

Já era possível compreender boa parte do texto:

... sobre ...
pé sobre Lua
olho sobre dez
limite sobre...

Três palavras não tinham leitura possível. Mas Abdurab sabia da semelhança entre o hebraico e o árabe; que várias vezes o som da letra *samekh* (ס) se confundia com o som do *shin* (ש). E se dizia, numa e noutra, *salam* e *shalom*; *Mussa* e *Mosheh*; *quds* e *qodesh.*[11] Era só substituir o *samekh* pelo *shin* para obter:

ראש על שמש
ou seja:
cabeça sobre Sol

Faltava a última palavra. Não era, com certeza, um termo hebraico. Mas o rabino poderia pronun-

[11] Respectivamente, "paz", "Moisés" e "Santidade".

ciá-lo como "Qaf" — nome da montanha imaginária, obtendo então *limite sobre Qaf*, o que fazia sentido, pois os árabes pagãos achavam mesmo que a montanha delimitava a Terra.

Abdurab teria chegado à leitura final. Mas, quando acabou de escrever "Qaf", lembrou que "limite" (גדה), pronunciado *gadah*, era também a maneira hebraica de se dizer o nome "Jadah", a exemplo de "camelo", dito *gamal* em hebraico e *jâmal* em árabe.

Deve ter hesitado um pouco. Estavam ambos sobre Qaf. Optou pela solução que lhe pareceu mais condizente para um conjuro de idólatras:

cabeça sobre Sol
pé sobre Lua
olho sobre dez
Jadah sobre Qaf.

PARÂMETRO

Álqama

À semelhança de al-Ghatash, Álqama nunca foi completamente célebre. Dele, da sua vida, da sua obra, nada se conhece que se possa chamar autêntico, exceto alguns poemas (cuja beleza, é preciso dizer, assombra) e um único episódio, vinculado ao "Dia de Halima", um dos mais funestos da história árabe.

No Dia de Halima, a tribo de Ghassan, aliada de Bizâncio, guerreou a de Lakhm, aliada da Pérsia, cujo xeque assassinaram à traição.

Halima era a filha virgem do senhor de Ghassan, a quem o imperador bizantino dera o título de filarca. Conhecida por suas artes mágicas, a moça costumava ungir, com um perfume que lhes trazia boa sorte, os corpos dos melhores combatentes do exército do pai. No Dia de Halima, Halima perfumou cem dos mil guerreiros.

O filarca venceu; o xeque aliado dos persas teve a cabeça decepada. Mas as únicas baixas do exército vencedor foram noventa e nove dos cem ungidos por Halima. O centésimo deles, Magid, trouxe cativo um irmão de Álqama.

Coincidência ou não, Magid tivera a ousadia, durante o ritual que precedeu a batalha, de puxar Halima contra si e beijá-la na boca, pondo nos lábios da menina a marca dos seus dentes.

Ela tinha-se queixado ao pai, que se divertira tanto com a cena a ponto de prometê-la a Magid, se voltasse vivo. É nesse ponto que a lenda toma contornos obscuros.

Bocas maldizentes afirmavam que Halima vinha recebendo um desconhecido, na tenda; e que, não sendo mais virgem, suas artes não surtiam efeito.

A suspeita tomou foro de verdade quando Magid abandonou Halima, na madrugada da noite de núpcias, pretextando a obrigação de vingar os noventa e nove mortos que lhe ficaram às costas. Morreu também, é claro, porque ninguém escapa à morte duas vezes.

Halima ainda não tinha obtido um segundo esposo quando Álqama (dito também "o garanhão", por ter vencido um duelo de virilidade contra Imru al-Qays) apresentou-se diante do senhor de Ghassan. Vinha com o propósito de resgatar o irmão, refém, das mãos do poderoso filarca. Mas não tinha dinheiro — ou melhor — não era generoso. Foi quando concebeu os seus melhores versos.

Neles, fala vagamente de uma mulher, de cheiro forte de açafrão que permanece no ar mesmo após a partida dos camelos, de um homem louco que tenta rastrear sobre um chão de pedras, de uma túnica justa ao redor das ancas, de uma gazela dócil criada num estábulo.

Nesse ponto, Álqama começa a falar de sua égua: sólida como pedra que a correnteza arrasta pelo leito do rio, beiços de dromedário, tintos de malva verde, espumando pelo queixo. E a compara a uma avestruz que procura o ninho de seus ovos no deserto. E continua o poema, acrescentando máximas sapienciais, uma cena de taberna e uma nova descrição da sua bravura e do valor da sua montaria.

O filarca atentou especialmente para um trecho no qual um cavaleiro vem por desertos inconstantes, amedrontado, atravessando a ondulação da noite, sobre trilhas enredadas como a teia das aranhas, orientado pelos montes que eram cascos de navio abandonados, e por ossos brancos que rompiam o invólucro de corpos insepultos.

Os versos finais eram uma armadilha: louvavam a generosidade do pai de Halima, chamando a atenção para quem os recitava — um inimigo, que tinha ido até ali, sozinho.

O filarca, querendo merecer o poema, libertou o irmão de Álqama. Só que o poeta, depois desse dia, nunca mais foi visto. E Halima foi dada a um dos servos do pai, alforriado algumas horas antes.

Parece que o filarca conhecia bem seu próprio deserto e achava que as montanhas eram como cascos de navios naufragados, e costumava ver cadáveres cujos ossos brancos rompiam a pele decomposta. Sabia onde Halima estava pelo perfume de açafrão, mesmo após a partida dos camelos. E admirou bastante a égua do poeta Álqama, rija como as pedras que rolam no fundo dos rios e veloz como a avestruz à cata dos filhotes.

Ninguém entendeu como o xeque de Ghassan descobriu ter sido Álqama, o garanhão, quem invadia a tenda de Halima e provocara a morte de noventa e nove heróis. Eu, no seu lugar, teria chegado à mesma conclusão.

São balelas os argumentos de que não havia prova; de que poderia ter sido qualquer outro poeta; de que todo deserto é igual, toda égua é igual, toda mulher é igual.

Álqama nunca foi completamente célebre: não perderia a ocasião de humilhar um rei.

fá

20ª letra

como número, 80

numa sequência, o 17º

inicial de فقير, pobre,

e فاض, livre

Os verdadeiramente sábios
nunca chegam a ser felizes.
(al-Ghatash)

Em Meca, no mês da peregrinação, a trégua era uma lei sagrada. Mesmo assim, mantive meu alfanje na bainha, a tiracolo. Não podia confiar na honra dos primos dos que andei matando.

As tribos caminhavam para a grande Pedra Preta. Passei pelas tendas dos fabricantes de flechas, dos vendedores de licor de anis, das tatuadoras com seus caniços e potes de hena, dos preparadores de loções à base de urina de camela, dos cardadores de lã, dos ferreiros, das fiandeiras, dos mercadores de selas, arreios, tapetes, perfumes e temperos.

Entrei em Meca, sem beber, sem me banhar. As ruas estavam simplesmente intransitáveis. Macários se meteu na confusão dos que escutavam contadores de fábulas.

— Um filho de Labwa não devia entrar em Meca. É uma cidade de pagãos.

Um idiota, aquele monge. Mas não tive tempo de replicar.

— Onde estão, cão dos cães de Labwa, os seiscentos e sessenta camelos?

Eram homens de Ghurab, que aguardavam o dote de Sabah e Layla. Olhei em torno, mas não vi meus primos. Salih também não entraria em Meca, pelos mesmos pudores de Macários. Tinha o meu alfanje a tiracolo. Mas era o mês da peregrinação.

Sem responder ao insulto, mantive a marcha até a Pedra Preta. Não seria fácil chegar nela. A barreira humana era densa. Tive pena das bestas que iam ser sacrificadas. Consegui romper uma aglomeração de beduínos que imolava onze camelas brancas. Só então lembrei que não tinha nada do que me privar para oferecer na Pedra.

Voltei rapidamente o rosto, procurando Macários, que ficara com uma provisão de tâmaras. A fumaça dos incensos me impediu de ver e tive de abandonar o santuário, enfrentando o fluxo inverso da multidão de peregrinos.

Fui avistar Macários uma hora depois, quase nos limites da cidade. De pé, ao lado dele, um homem parecia meditar, fitando o céu.

— Este é Abu Hilal, conselheiro dos príncipes do Iêmen. Tem o dom de ler nas estrelas. E comeu todas as tâmaras do teu bornal.

— Cão filho de cão! — puxei o alfanje contra o peito do sábio. Nesse instante, porém, rugidos de leões ecoaram do deserto. Era a tribo de Labwa que entrava em Meca. Num piscar de olhos, contei seiscentos e sessenta camelos. A primeira das três condições havia sido cumprida.

EXCURSO

A esfera fenícia

A maior guerra da história universal durou exatos quatrocentos anos. Naturalmente, foi uma guerra de árabes, que envolveu praticamente todas as tribos; e seria cansativo tentar enumerá-las, tantas vezes se dividiram para passar de um lado a outro.

Sabemos apenas que — se não é lenda — deve ter ocorrido entre os séculos 6 e 2 antes de Cristo; e que foi motivada pela posse da esfera fenícia.

Engenho notável, a esfera. Dizem que foi exumada do túmulo do rei Hiram de Tiro, amigo de Salomão, e teria sido forjada por um sábio iemenita, integrante da embaixada da rainha de Sabá a Israel.

Tratava-se de um globo metálico compacto, sobre cuja superfície se representava, com admirável precisão, a carta do mundo então conhecido e dos países que ainda seriam descobertos.

Envolvendo o globo metálico, concêntrico com ele, havia um outro globo, de cristal; e entre esses, densa camada de um líquido incolor de composição obscura, onde boiavam pequeníssimos grãos de pó metálico. Observados de perto, aqueles grãos revelavam-se minúsculas figuras, inúmeras, mas reduzidas a vinte e duas formas diferentes, copiando as vinte e duas letras do alfabeto fenício.

O segredo da esfera estava nessas minúsculas letrinhas metálicas. Disse antes que boiavam pelo líquido denso. Não era exatamente isso: estavam todas na verdade num giro constante e desordenado, de altíssima velocidade, mudando a todo instante de direção e de sentido, e colidindo umas com as outras, o que as fazia mudar de trajetória e entrar em nova rota de colisão, infinitamente.

Os físicos de hoje poderiam argumentar que a energia perdida nesses choques levaria gradativamente à cessação do movimento. Seria verdadeiro, se não estivéssemos lidando com fenícios.

A esfera foi, assim, o único engenho humano a realizar o ideal do moto-contínuo, o trabalho permanente e incessante de uma máquina, sem outra fonte de energia senão a própria atividade. Mas não foi esse o motivo que levou as tribos do deserto a desejá-la.

Ora, quem fixasse um ponto específico do mapa-múndi figurado no globo veria passarem aquelas minúsculas letrinhas metálicas, que formavam palavras, frases, períodos inteiros, um livro de histórias infinitas, como as *Mil e uma noites*.

Não se sabe se foi o rei Salomão, o próprio Hiram, a rainha de Sabá ou o sábio iemenita quem primeiro notou que a história contada pelas letrinhas para cada ponto do mapa correspondia, precisamente, aos fatos que ocorriam naquele lugar, no momento da observação.

Se algum leitor, parágrafos atrás, achou inverossímil um mapa-múndi completo no século de Hiram, já tem sua resposta: as próprias narrativas contadas pelas letras denunciavam o que havia em cada ponto da superfície da Terra.

A esfera foi roubada inicialmente por um grupo de beduínos comandados por um certo Assad, antepassado de al-Ghatash, que, imaginando pudesse estabelecer uma fórmula matemática de prever a trajetória de cada uma das letrinhas, queria ser capaz de calcular e conhecer o futuro de cada ponto do planeta.

Mas não tardou e logo foram atacados por árabes de diversos clãs que, com base no mesmo princípio, buscavam descobrir que movimento anterior provocara a trajetória atual de cada letrinha, e assim por diante até chegar ao deslocamento inicial, à primeira letra posta em movimento, enfim, à origem do universo.

Por quatrocentos anos, a esfera passou de um bando a outro, sucessivamente, sem que tivessem descoberto a fórmula. Numa escaramuça dessas, perdeu-se, sepultada nas areias, em algum ponto do deserto árabe.

O fim do conflito coincidiu com o aparecimento da seita ascética dos infiniteístas, que — sem tempo de venerar um número interminável de deuses — menosprezou o interesse pela leitura do futuro e do passado, e proclamou ser a esfera fenícia o Livro, incessante, incompleto, imperfeito, que não trazia revelação nenhuma, que não chegava a nenhuma conclusão, cujo consolo único era o de que, num conjunto de deuses infinitos, de ao menos um terás o teu perdão.

çad

14ª letra

como número, 90

numa sequência, o 18º

inicial de صخر, pedra,

e صحر ا ء, deserto

Até para falar do óbvio
será preciso ler mil livros.
(Málika, que dividiu por zero)

Esperei o último raio de sol mergulhar no Mar Vermelho antes de repor uma adaga em minha cinta. Trancei o turbante sobre o rosto, como fazem os ladrões da Babilônia, e farejei o almíscar dos cabelos de Layla.

Camelas esquartejadas ainda atraíam os cães. Não ouvi latidos quando alcancei o acampamento dos Ghurab. Serpentes não seriam tão sorrateiras; nem ratos, tão argutos; nem escorpiões, tão letais: a tenda de Layla cresceu diante de mim.

A adaga atravessou os fios de pelo entrançado sem fazer ruído. No meio de ricos tapetes, baús de ébano, lâmpadas douradas, perfumes me denunciaram a presença de Layla. Decidi puxar as cortinas coloridas que me separavam daquela face desejada. Porém, quando tudo veio ao chão, Dhu Suyuf:

— Caíste na armadilha, cão de Labwa! Terás de me bater num novo desafio!

Para não violar o mês sagrado, as tribos decidiram por um duelo de palavras. Seria vencedor quem formulasse a pergunta que um sábio dentre os sábios não soubesse responder. Olhei e vi: era Abu Hilal, com a barriga cheia das minhas tâmaras, o sábio dentre os sábios.

— O que é Qaf? — comecei.

— A montanha circular que delimita a Terra, que ninguém viu e nem tocou.

— Quem é Jadah?

— Um gênio gigantesco, que possui um único olho cego e uma vez mergulhou por sobre Qaf.

— Qual o poder de Jadah?

— Vir do passado para testemunhar contra os homens.

Fui interrompido para dar a vez a Dhu Suyuf.

— Qual a mais bela das mulheres?

— A que não se conhece.

— Qual o amor que nunca morre?

— O que não se consuma.

— O que basta para defender um amor e uma beleza?

— Teu sabre e tua mão direita.

Dhu Suyuf, então, sacou do sabre com a mão esquerda. Uma das camelas da tribo não teve tempo de berrar. Não vi se foi a cabeça que saltou do corpo; ou o corpo que despencou da cabeça.

PARÂMETRO

Amru bin Kulthum

Nem mesmo al-Ghatash chegou a ser vaidoso como Amru bin Kulthum, em quem se entroncavam duas grandes linhagens de poetas. Amru certamente atribuía sua glória a tais antepassados, como se faz com os bons cavalos de raça. Mas ninguém se lembraria dele não fosse uma camela velha.

Foram estes os atores do enredo: Sarab, a camela; al-Basus, dona da camela; Jassás, sobrinho de al-Basus, do clã de Bakr, da tribo cristã de Wáil; e Kulayb, do clã de Taghlib, xeque de Wáil.

Bakr e Taghlib ainda costumavam compartilhar os mesmos acampamentos, quando al-Basus amarrou Sarab numa estaca, em frente à tenda de Jassás. Mas Sarab desprendeu-se, atraída pelos belos camelos do rebanho de Kulayb, e foi juntar-se a eles.

Ora, Kulayb não conhecia a camela de al-Basus — que era da tribo de Tamim — e tentou matá-la, embora a flecha houvesse atingido apenas o úbere cheio do animal.

Gemendo de dor, deixando atrás de si um rastro de sangue e leite, Sarab retornou à tenda de Jassás.

— Vergonha para Bakr! É esse o tratamento que merecem os hóspedes entre os filhos de Wáil?!

Diante da revolta de al-Basus, violada no seu direito à hospitalidade, Jassás vai tirar satisfações, seguindo o rastro de leite e sangue. Não demora a descobrir o culpado, que vinha vindo, atrás da camela ferida. Os dois discutem, é claro. O xeque estava sozinho. E Jassás crava uma lança no peito de Kulayb, em troca do ferimento da camela.

Dizem que foi uma guerra de quarenta anos. Pelos meus cálculos, pode ter durado perto de quatrocentos. Nesse período, a paz foi concertada inúmeras vezes; e inúmeras vezes o antigo ódio ressurgiu.

Foi numa dessas tréguas, prestes a ser rompida, que anciães dos dois clãs de Wáil decidiram pedir uma arbitragem para o conflito — arbitragem essa que recaiu no mais poderoso príncipe árabe da época: Amru bin Hind.

Bin Hind exigiu, então, que lhe fossem enviados dois embaixadores, um de cada clã. Mas, em vez de argumentos, decidiria pelo que recitasse o poema mais belo, de improviso, num mesmo metro e com a mesma rima.

Amru bin Kulthum foi o enviado de Taghlib. E foi quem recitou primeiro. A audiência tremeu diante daquela arrogância.

Porque o poeta, dedo em riste, arrancaria os braços do inimigo como quem tosa espinhos de um cacto; lançaria ao chão o crânio dos heróis como fardos tombam dos camelos; beberia em poços de água limpa enquanto as tribos se espojassem sobre brejos de lama; e, em vez de cativos e butim, retornaria das guerras com reis enfiados no espeto.

Tudo isso foi dito na frente do príncipe. Alguns observadores mais atentos notaram, todavia, um fato estranho: bin Hind mantinha um semblante divertido (alguns disseram debochado), desde o início do poema e mesmo quando escutou os desaforos do enviado de Taghlib.

O poema começava com uma exortação a certa "mãe de Amru", que tardava em servi-lo, na tenda aonde ele fora com amigos, para surpreendê-la, quase desnuda, com braços pálidos, imaculados, como patas de camela de pescoço longo que ainda não pariu; os seios lisos e bojudos como cofres de marfim; e um tronco esguio e flexível, firme sobre uns quadris pesados e carnudos de vitela.

Até hoje se discute quem teria sido a "mãe de Amru" — se a própria mãe do poeta, vítima de uma paixão incestuosa; se uma criadinha de taverna, onde se desenrola a cena de bebedeira; ou se uma de suas primas, que parte com os camelos quando os pastos minguam.

Nenhuma dessas hipóteses fornece explicação para o sorriso de bin Hind. É que poucos se aperceberam da sutileza e da prepotência do insulto: bin Hind também se chamava Amru.

qaf

21ª letra

como número, 100

numa sequência, o 19º

inicial de قدر, destino,

e قبلة, direção

Pergunta aos mortos
se desejam paz!
(Tárafa)

Entre a cena em que al-Ghatash perde o duelo de sabedoria contra Dhu Suyuf e a seguinte, em que Abu Hilal começa a conceber os instrumentos que permitiriam a experiência do retorno ao passado, parece haver uma lacuna, versos que se extraviaram no processo de transmissão oral.

Infortunadamente, a passagem que falta é aquela em que se desvenda o enigma de Qaf. Os inautenticistas consideram tal omissão uma das provas de falsidade. Penso exatamente o contrário: se o poema fosse falso o impostor jamais deixaria de referir a decifração do enigma.

O fato concreto é que Abu Hilal, que tinha o dom de ler nas estrelas, realizou a façanha de interpretar o misterioso texto registrado pelo *abba* Chacur. Não me foi tão penoso reconstituir esse raciocínio, partindo de certos dados relativamente óbvios.

1º passo: Abu Hilal, inicialmente, isolou os substantivos do texto, formando uma espécie de matriz:

cabeça	Sol
pé	Lua
olho	dez
Jadah	Qaf

2º passo: percebeu que poderia classificar esses substantivos em dois subconjuntos, o das coisas que estão sobre (1ª coluna) e o das coisas que estão sob (2ª coluna). Cada um desses subconjuntos também admitia subdivisão: o de nomes comuns (da 1ª à 3ª linhas) e o de nomes próprios (4ª linha).

3º passo: o sábio observou que o grupo à esquerda, da 1ª à 3ª linhas, possuía a mesma natureza — eram nomes de partes do corpo. O subconjunto à direita e acima da mesma linha teria de seguir a mesma regra. Ora, *Sol* e *Lua* são corpos celestes; e Abu Hilal era astrólogo. Conhecia profundamente a terminologia astrológica. Não lhe foi difícil perceber que *dez* era também um elemento do horóscopo. Naquele contexto, só se poderia referir à Décima Casa, ou mais precisamente à sua cúspide — identificada ao chamado *meio do céu*, posição do Sol no meio-dia astronômico.

4º passo: Abu Hilal notou que o subconjunto das partes do corpo estava para Jadah como o conteúdo está para o continente. Assim, os elementos celestes *Sol*, *Lua* e *Décima Casa* deviam também estar contidos em Qaf. A montanha Qaf estava, assim, no céu. A montanha Qaf que circundava a Terra e a mantinha estável — aquela que ninguém vira nem tocara — era tão somente o grande círculo imaginário das constelações do Zodíaco, percorrido pelos sete astros e pelas doze casas.

5º passo: Jadah estava sobre Qaf; Jadah estava sobre o Zodíaco. Entra, então, Macários. O monge deve ter contado ao sábio a experiência feita pelo *abba*, que não mirava na direção do Sol ou da Lua, mas procurava um ponto preciso no céu. Na linguagem dos enigmas, *cabeça* podia significar “primeiro” e *pé*, “último”. A Décima Casa ficava no meio. O olho incidiria sobre ela.

6º passo: Macários, novamente. Sabemos que o monge acompanhou o trabalho de decifração do rabino Abdurab. Sabemos também que copiou letras sobre uma pele de ovelha — e podemos presumir que fossem os caracteres do enigma, seu valor numérico e a tradução do texto. Não é absurdo supor que tenha revelado a Abu Hilal o método empregado pelo rabino. Embora o astrólogo não soubesse ler o árabe, não lhe foi difícil, com o auxílio de Macários, reconhecer nos símbolos que formavam a palavra “Jadah” (que se escreve apenas com as três consoantes *J-D-H*) os algarismos 3, 4 e 5. Pôr Jadah sobre Qaf era dividir o Zodíaco em seções proporcionais aos números do seu nome. Estava pronto o horóscopo, com a solução gráfica para o enigma de Qaf:

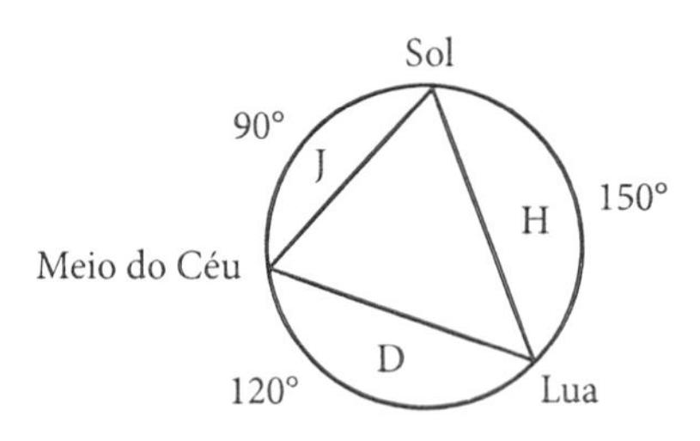

EXCURSO

A gruta de Ali Babá

Não foi certamente no deserto que se empreendeu pela primeira vez o pensamento sistemático, a que os gregos deram o nome de filosofia. Mas desde remotas eras os beduínos dispensaram imoderado esforço para o entendimento racional do universo, influenciados pela literatura sapiencial do mundo antigo — como o *Livro de Ptah Hotep*, *A sabedoria de Ahiqar*, ou os *Provérbios de Salomão*.

Precisamente por ser o árabe idioma eminentemente poético, tal esforço deve ser reconhecido. Cabe muito menos mérito aos que pensam em alemão moderno, e pensaram em grego clássico ou tupi antigo — línguas em que duas pessoas distintas compreendem a mesma frase de maneira idêntica.

A partir do sétimo século, após a conquista do Levante pelas forças muçulmanas, a filosofia árabe passou a ser, essencialmente, teológica: ou islâmica ou cristã. A censura dos califas, nessa época, era muito eficiente; e muitos pensadores profanos foram condenados a ver queimarem os próprios livros ou ter os próprios corpos separados das cabeças.

Por isso, um grupo de sábios exilou-se nas montanhas libanesas. Somavam quarenta e um indivíduos: seis sunitas, três xiitas, doze drusos, cinco ortodoxos, treze maronitas e dois monofisistas. Defendiam a tese de que a clemência era incompatível com a justiça, pois só os culpados podem ser objeto de perdão. Daí todos os textos sagrados serem falsos, pois apresentavam Deus como um ser simultaneamente justo e compassivo.

Na gruta em que se refugiaram, nunca foram descobertos. Nenhum aparato policial foi tão grande quanto o empregado para a captura dos quarenta e um filósofos.

A cisão, como sempre, veio de dentro. Um deles, chamado Ali Baba, insistia em que os demais voltassem a admitir a possibilidade da existência de Deus, optando exclusivamente pela virtude da justiça ou da clemência.

Ainda não sabemos qual das duas Ali Baba escolheu para si. Mas não resta dúvida de que acabou por revelar a senha da gruta para os guardas do califa.

— Abre-te, Sésamo! — gritaram de fora; e os quarenta filósofos foram presos, ensacados e fervidos em azeite, vertido nos odres onde estavam metidos.

Não é muito difícil enxergar nesse relato a história de *Ali Babá e os quarenta ladrões*. E não é por acaso que nunca tenha feito parte dos antigos manuscritos árabes das *Mil e uma noites*, tendo aparecido pela primeira vez na famosa tradução francesa de Antoine Galland, em 1705, que a ouviu entre os contos do maronita Hana, de Alepo — cidade próxima das montanhas onde se deu o episódio dos quarenta e um filósofos.

Sendo falsa ou não a narrativa de Galland, havendo ou não havendo identidade entre os dois Ali Babás, o fato é que permaneceu no Monte Líbano a tradição plantada pelos quarenta e um. Por muito tempo, os sultões do Líbano tiveram de perseguir um ou outro sábio acusado de heresia e ateísmo.

Em meados do século 18, influenciados pela circunstância de o verbo *ser*, em árabe, só se conjugar no passado, a chamada "Escola de Beirute" determinou que a condição de "existir" obtém-se exclusivamente com a morte.

A evolução do pensamento a partir desse princípio foi-se tornando tão exata que se chegou a esboçar uma compreensão absoluta da existência.

O passo final foi dado pelo filósofo Dawud (ou David, como se diz em português), já nascido no Brasil, descendente de imigrantes libaneses em que corria sangue de Labwa. Talvez tenha sido a maior inteligência humana. Entre seus feitos, o de ter proposto a solução cabal para todos os problemas metafísicos.

A coleção dos seus pensamentos, intitulada *O diálogo das coisas*, é tida como a obra filosófica por excelência, o tratado último, o livro perfeito. Tão perfeito, que nunca pôde ser escrito.

ر

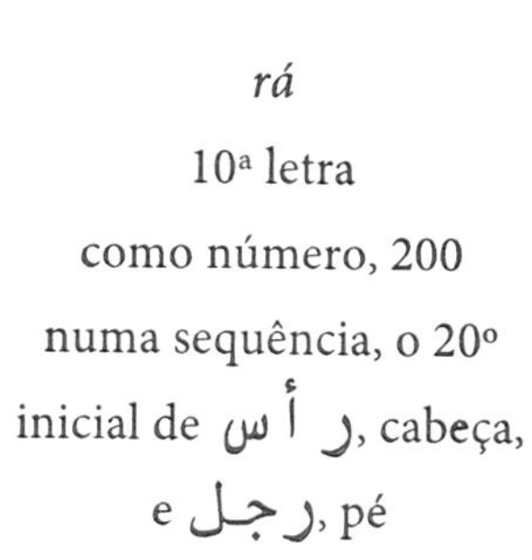

rá

10ª letra

como número, 200

numa sequência, o 20º

inicial de ر أ س, cabeça,

e رجل, pé

Realizar desejos
é trabalho para estúpidos.
(Aladim)

Foi na verdade um ferreiro de Meca quem, seguindo o plano de Abu Hilal, manufaturou, além do quadrante e do astrolábio, o engenho que orientava a viagem no tempo.

Consistia este num círculo graduado representando a eclíptica e os doze signos do Zodíaco. Do centro do círculo, subia uma haste perpendicular em torno da qual giravam dois ponteiros. O primeiro deles indicava a posição do Sol e devia ser movido à razão de 1 grau por dia. O outro — que marcava a posição da Lua — avançava 13 graus automaticamente, com o deslocamento do ponteiro solar.

Não obstante o instrumento necessitar de uma nova calibragem pelo menos a cada três meses, para corrigir as distorções, era possível identificar com relativa precisão o dia e a hora em que o Sol e a Lua manteriam um afastamento de 150 graus.

Nessa circunstância, bastava verificar, com os outros instrumentos disponíveis, se o meio do céu (onde incide a cúspide da décima casa) formava 90 e 120 graus com os dois astros, respectivamente.

Abu Hilal iniciou Macários no manuseio daqueles aparelhos, ensinou-o a reconhecer os signos do Zodíaco e a fazer os cálculos que permitiam determinar a cúspide das doze casas.

No dia e hora apropriados (mais ou menos dois dias depois da lua cheia, perto do crepúsculo), quando a mesma configuração celeste se repetiria, o sábio seguiu para o meio do deserto, acompanhado do monge, de al-Ghatash, três camelas e o cachorro que Macários arranjara em Yathrib.

O Sol estava já bastante baixo quando fizeram as camelas se deitarem, numa faixa do deserto onde havia afloramentos de rochas. Al-Ghatash acompanhou as medições de Abu Hilal, que era auxiliado pelo monge. Como a configuração exata dos três pontos fosse ocorrer numa longitude mais a leste, o olho de Jadah seria visto com certa imperfeição e por um curto período.

Mas al-Ghatash estava inquieto com o cão de Macários, que não parava de rosnar.

— Parecem cavalos a galope — disse, percebendo um leve movimento sobre a linha do horizonte.

— Não creio — foi a voz do monge, que abandonara os instrumentos. — O cachorro está latindo na direção das pedras.

— Chacais!

Disse e alcançou o arco preso à sela, mas o tiro saiu defeituoso porque as camelas se assustaram, refugando sobre as quatro patas.

Enquanto isso, quatro feras vinham, saídas do meio das pedras. Al-Ghatash não teve alternativa senão brandir o alfanje contra a mais ousada, enquanto Macários controlava as montarias.

Ferido no focinho, o animal retrocedeu. Um segundo chacal também foi atingido, mortalmente dessa vez; e os demais se dispersaram.

Mas o olho de Jadah já tinha desaparecido. Apenas Abu Hilal, impassível como são os sábios, pôde ver o recuo do tempo: as camelas deitadas, a manipulação do quadrante e do astrolábio, a inquietação de al-Ghatash, o movimento de Macários e o ladrar dos cães.

PARÂMETRO

Hárith bin Hilliza[12]

Bin Hind, então, chamou o embaixador do clã de Bakr. Hárith bin Hilliza veio, com uma túnica longa que varria o chão, de mangas tão compridas que iam até ao meio dos dedos. O rosto e a cabeça estavam envoltos num turbante, expostos apenas os dois olhos inteligentes. Porque Hárith foi, no seu tempo, o homem mais inteligente de Bakr.

A audiência abriu caminho. Hárith interpretou aquele movimento como a reverência natural que lhe era devida. Enganava-se: já se espalhara a notícia de que ele havia contraído a lepra.

A ode acompanhou a norma clássica. Hárith evocou o amor de Asma e o de uma certa Hind — o que levantou rumores sobre a intimidade do poeta com a mãe do príncipe.[13]

Hind acendeu em teus olhos o fogo, revelando um refúgio em elevados ermos...

Hárith, é claro, não desceu ao nível insultuoso de Amru. Bin Hind percebeu isso. E prestou ainda

[12] Este texto não deve ser lido antes do parâmetro "Amru bin Kulthum".
[13] *Bin Hind* significa "filho de Hind".

mais atenção na imagem que o poeta fazia da camela, cujas patas, num galope, levantavam mais pó que as tempestades de areia.

A sequência do poema passou a consistir no elogio de bin Hind, no ataque aos Taghlib e na enumeração das virtudes e vitórias dos filhos de Bakr.

Ficam cegas as pessoas que nos miram, diante do nosso pescoço largo, do nosso amplo desdém;

a morte nos alveja como quem quer apedrejar o cume da montanha, coberto de neve, fendendo nuvens,

pairando sobre o tempo...

Quando Hárith terminou o poema, estava certo de ter vencido. Curiosamente, ninguém notou em bin Hind o menor sinal de aprovação. Pelo contrário, chegou-se a comentar que foi com desdém que o príncipe o despediu.

Bakr e Taghlib, além dos inúmeros árabes de outras tribos que assistiam ao duelo, amontoaram-se ao redor de bin Hind, que vinha anunciar o vencedor.

— Quero dar aos poetas o que eles merecem. Não posso dizer a Amru que ele venceu. Não posso dizer a Hárith que ele foi pior.

Alegria de Bakr, frustração de Taghlib. A opinião comum esperava precisamente um resultado como esse: Amru tinha abusado da arrogância, contrariamente à moderação e à diplomacia de Hárith bin Hilliza.

No meio do alvoroço que o pronunciamento de bin Hind provocou, poucos observaram Hárith afastar-se, tímido e oculto sob a túnica e o turbante. E nem se interessaram pela fanfarronice de Amru, que incitava Taghlib a uma nova guerra.

Os poetas sabiam muito bem quem tinha verdadeiramente vencido. Quem era o príncipe bin Hind para dizer a um homem prepotente e convencido como Amru que ele fora o melhor? Como poderia o príncipe bin Hind dizer a verdade a um mentiroso como Hárith, cuja lepra nunca lhe permitiria montar uma camela ou ter mulheres que se chamassem Hind?

shin

13ª letra

como número, 300

numa sequência, o 21º

inicial de شا عر, poeta,

e شيطا ن, demônio

Nunca perdoei:
não tenho a pretensão
de possuir uma virtude
atribuída a Deus.
(Dhu Suyuf)

Ainda não fora daquela vez que vira o olho de Jadah. À lembrança de Layla, um ódio grande me subiu e eu corri para destroçar os instrumentos que Abu Hilal pendurava na sela da camela. Mas me detive. O tropel que adivinhara no horizonte era agora bem nítido.

— Somos da tribo de Qudra e procuramos nosso primo Khalil, raptado por bandidos que fugiram nessa direção.

Nenhum de nós três tinha visto nada. Cismado, um dos filhos de Qudra apeou do cavalo e começou a rodear, observando o chão. Não demorou a reparar manchas do sangue do chacal.

Foi quando um mocho esvoaçou e pousou numa das rochas. Pressenti que tomariam a ave pela alma de Khalil, que vinha reclamar vingança.

— Aqui morreu alguém que ainda não foi vingado!

Macários quis fazer um sermão sobre as superstições do paganismo. Fui mais prático.

— O mocho ainda não piou — disse, tomando uma atitude de quem está pronto para tudo. Mas não estava num dia de sorte.

— *Isquni! Isquni!*[14] — grasnou o mocho, dando aos filhos de Qudra a prova que faltava.

— Aqui morreu alguém que ainda não foi vingado!

Repetiu; e correu para as pedras, removendo sem esforço o cadáver de Khalil.

De fato, era Khalil dos Qudra, que tinha estado entre os rochedos, no covil dos chacais. O corpo, com mãos e pés atados, estava dilacerado e tinha marcas de caninos. Os bichos já o haviam even-

[14] "Me deem de beber! Me deem de beber!"

trado e deviam estar comendo as vísceras quando nos atacaram.

Creio ter sido Macários quem notou não haver sinais de perfuração de lâmina, nem de flecha. Mas os quatro cavaleiros se voltaram contra o único homem armado.

— Quando findar a interdição dos meses sagrados, sangue de Labwa irá correr para compensar o de Khalil.

— Não tenho vergonha de matar. Mas não puxo meu alfanje por qualquer motivo.

E reproduzi o gesto, provando que enfrentaria os quatro. Macários jurou minha inocência e invocou o testemunho do sábio. Os filhos de Qudra olhavam fixo para o meu alfanje.

— É sangue.

Macários correu para buscar o chacal morto, que eu atirara para longe. No entanto, com um estrondo fabuloso, no meio de um vendaval que levantou areia acima das cabeças, uma figura imensa encobriu o céu com seu espectro de fogo sem fumaça.

Apesar da areia, fiz um esforço sobre-humano para ver Jadah e aquela face horrenda, disforme, com uma órbita vazia e com um olho opaco. De dentro daquela garganta áspera e abafada, ouvi retumbar voz tão medonha quanto o rosnar de feras no fundo das grotas:

— A culpa é de al-Ghatash. Khalil vinha montado numa camela velha, abandonada por ele entre bandidos, que não pôde correr quando atacada por chacais.[15]

[15] Conferir capítulo 9, página 59.

EXCURSO

O julgamento de Abdallah

Uma das muitas características que os árabes partilham com os demais povos semitas é a paixão pelos juízos de direito. Em Israel, os grandes reis foram juízes. Hamurabi, beduíno que ascendeu ao trono acádio, apenas foi célebre porque estabeleceu um Código. Ahiqar, o sábio arameu, era conselheiro de justiça na corte do imperador assírio.

Entre as tribos do deserto, as primeiras leis eram fundamentadas no princípio da compensação: *olho por olho, dente por dente* era a máxima difundida em todo o Oriente Médio. Ao longo do tempo, tal rudeza foi sendo suavizada, surgindo o conceito de indenização. Ainda assim, fazer justiça continuava sendo retaliar o réu.

Alguns sábios árabes, no entanto, tendo constatado que a punição de um culpado não evitava o aparecimento de novos criminosos, desenvolveram uma teoria de que a pena só devia ser aplicada para prevenir um próximo delito. Assim, o castigo de simples ladrões passou a ser mais pesado que o dos homicidas passionais — porque os primeiros são geralmente contumazes; os outros, não.

Essa tese teve ainda um outro desenvolvimento, entre as tribos do deserto. Considerando que a finalidade da justiça era impedir o crime, e não vingá-lo, xeques e juízes passaram a punir somente os delitos potenciais, as pessoas que pudessem vir a cometê-los.

Foi esse o infortúnio de Abdallah, grande cavaleiro e um dos maiores arqueiros de Labwa, que talvez tenha sido pai do poeta al-Ghatash.

Abdallah voltava certa vez da caça, para as tendas estacadas nos arredores de Palmira. Montava um garanhão negro, que arrastava uma gazela ainda não estripada, e em sua aljava faltava apenas uma flecha.

Patriarcas de vários clãs se aproximaram sorrateiramente, acompanhados de muitos homens, todos armados, para vê-lo apear. Abdallah, de costas, não viu nem falou com ninguém, ocupado em desprender dos arreios a espada damascena.

Porque não tivesse visto nem falado, não pôde saber que o cão de seu primo Rizqallah passara a noite inteira latindo pelo acampamento, e que as pegadas do animal apareciam, confundidas com traços de pé humano, do lado da tenda de Jalila, sua esposa, futura mãe de al-Ghatash, que levantara cedo com um excesso de perfume nos cabelos;

e nem que a primeira ordem dada ao servo por Rizqallah (outro possível pai de al-Ghatash) fora a de lavar a túnica e o turbante usados até a véspera.

Os homens que viam os movimentos de Abdallah naquela manhã não tiveram dúvidas quanto ao desenrolar natural dos fatos e pronunciaram a acusação, em voz alta.

Abdallah ainda teve tempo de saltar sobre o dorso do cavalo e disparar, enquanto a flecha lançada por Rizqallah retinia contra o ferro temperado da espada damascena.

Desse dia em diante, Abdallah, réu ae pena ca pital, não teve mais descanso. Foi preso uma vez em Damasco, a pedido do xeque de Labwa, mas corrompeu os guardas bizantinos e fugiu. Recapturado pela tribo de Kalb, no caminho de Homs, também conseguiu escapar fazendo uso de uma faca que trazia sob o turbante. Protagonizou ainda duas ou três fugas espetaculares, até que o próprio Rizqallah o capturasse, quando saía de Baalbek, disfarçado entre pagãos fanáticos que acompanhavam a procissão de Adônis.

O julgamento de Abdallah congregou todos os clãs de Labwa e pessoas das mais diversas tribos, além dos mais notáveis juízes árabes da época. Todavia, contrariamente ao que se podia pensar, nem todos eram favoráveis à condenação.

Discutiu-se inicialmente se estava de fato demonstrado que Abdallah mataria Rizqallah. Os promotores do caso foram categóricos: Abdallah nascera de linhagem nobre, manuseava casualmente uma espada damascena e vinha com a excitação natural da caça, onde gastara tão somente uma única flecha.

As coisas começaram a se complicar quando os juízes exigiram provas de que os latidos do cão e os perfumes de Jalila tinham o alcance que lhes queriam dar. Foi fácil fazer o cão latir de novo, mas as essências usadas por Jalila na véspera do crime já tinham sido carregadas pelo vento.

Os acusadores voltaram a ficar em vantagem quando a própria Jalila confessou que também se deitava com Rizqallah, embora não pudesse dizer de qual dos dois estava grávida.

A partir desse ponto, os debates jurídicos atingiram o mais alto nível da história beduína. A primeira questão dizia respeito à identidade do réu: era necessário assegurar que o Abdallah que chegava da caça era a mesma pessoa que estava ali diante dos juízes. Havia testemunhos unânimes de toda a tribo, mas ninguém conseguira demonstrar que uma pessoa permanecia a mesma com o passar do tempo.

Nada tinha sido resolvido, e surgiu a hipótese de que o verdadeiro criminoso era o mestre de Damasco que forjara a espada. Mas a objeção ruiu quando lembraram que Abdallah ainda possuía flechas na aljava.

Por fim, Fuad, o mais velho e mais sábio dos juízes, exigiu demonstração de que a palavra *crime* tinha o sentido de "crime", e não outro qualquer. Foi talvez a fase mais complexa do processo. De fato, ninguém conseguia demonstrar que não apenas *crime*, mas qualquer outra palavra tinha o sentido que lhe era atribuído.

— Isso não passa de uma mera convenção — bradou Fuad, com os braços para cima.

É claro que os xeques de Labwa não aceitaram a decisão final, e resolveram fazer justiça com as próprias mãos. Só que, no meio do tumulto, aproveitando a confusão que se instalou no tribunal, Abdallah fugiu, mais uma vez.

tá

3ª letra

como número, 400

numa sequência, o 22º

inicial de تبر, ouro,

e تمرة, tâmara

Nada é tão grandioso
que mereça ser levado a sério.
(al-Asha)

Merece alguma digressão a personagem do monge Macários. A *Qafiya al-Qaf* nos dá uma figura não muito honrosa, algo subalterna, bem distante da legítima altura a que o Macários histórico deveria ser alçado. Era um homem afeito aos livros (vimos como rapidamente dominou os alfabetos hebraico e árabe, bem como os princípios da numeração por meio de letras); tinha grande capacidade de observação e raciocínio lógico (soubemos que aprendeu com facilidade as bases da ciência de Abu Hilal); e possuía uma fina sensibilidade poética.

O monge, nessa altura, tinha os versos do poeta decorados e fazia questão de recitá-los, na esperança de um dia aprender como fazê-los.

Isso desmonta um falso paradoxo, levantado pelos inautenticistas: o de que o final do poema jamais poderia ter sido conhecido, uma vez que o poeta morre no exato instante em que acaba de compô-lo.[16]

Ora, é evidente que al-Ghatash (como todo poeta árabe na Idade da Ignorância) possuía o seu *rawi*, o seu "declamador" — pessoa que não apenas armazenava na memória os versos do mestre como conhecia todas as circunstâncias que envolviam as composições, podendo comentá-las.

Macários esteve ao lado de al-Ghatash até o momento derradeiro; foi o *rawi* do poeta a quem seguia; e os poemas que disse pelas ruas de Najran eram os da lavra do filho de Labwa.

Após o ciclo de aventuras que já dei a conhecer, al-Ghatash e Macários entram em Najran, em cujos arredores acampava a tribo de Layla. Estamos no último dia do mês sagrado de *Muharram*. Ghurab continuava fugindo de Salih, que descia, cada vez mais forte, engrossada pelos melhores homens

---

[16] Os versos da *Qafiya* eram compostos à medida que al-Ghatash vivia o enredo narrado no poema.

de Kalb, Udhra, Tanukh, Bahrá, Tayy, Ghassan, Jusham.

Duas noites antes, brilhava a lua cheia. Naquele dia, na hora do crepúsculo, a conformação celeste que exibe o olho de Jadah vai novamente ocorrer. Em Najran, alguém espera esse momento: o monge Macários.

Al-Ghatash está metido no jogo, entre beduínos que sacrificam camelas cujos retalhos, depois de esquartejadas, são tirados na sorte, por meio de flechas.

Macários se afasta. Vai para fora da cidade, procurando a melhor posição para observar o céu. Um puro critério astrológico o conduz para as tendas de Ghurab.

O monge se aproxima do acampamento. Os homens da tribo haviam relaxado a sentinela, gozando aquele último dia de paz. De repente, Macários vê tremular o estandarte de al-Muthanni e lembra, com o remorso dos inadimplentes, o compromisso que assumira no Mosteiro da Caverna: resgatar o corpo de *abba* Chacur da tenda que abrigava aqueles sinistros espólios de guerra.

Macários penetra no acampamento. Está bastante próximo das múmias do *abba* e do xeque Bulbul. Sabe que não conseguirá fazer nada sozinho. E é a hora do fenômeno. Para, olhando o céu, no ponto exato.

É quando surgem, de entre as tendas, algumas moças de Ghurab. Estão sem véus. Layla vem com elas e é quem grita, denunciando a invasão. Macários, transtornado, chama, como quem pede socorro, quando homens aparecem.

— Al-Ghatash! Aonde foi você?

PARÂMETRO

Tárafa

São sobretudo formais as semelhanças entre al-Ghatash e Tárafa. A agressividade verbal do primeiro decorre diretamente do caráter, ao passo que a virulência de Tárafa é meramente retórica.

Tárafa foi o único caso de poeta — e de grande poeta — que não despertou a admiração dos parentes. Nascido na tribo cristã dos Bakr bin Wáil, ficou órfão cedo e foi criado pelos tios, que espoliaram grande parte dos bens de sua mãe.

Adulto, poderia ter reclamado seus direitos, mas era, essencialmente, um hedonista. Levava uma vida de dissipações, entre bebedeiras, cantorias, jogatinas. Embora não tivesse recebido a educação que sua linhagem impunha, passou a excelir como poeta.

Mas Tárafa não era estimado. Acabou expulso do convívio tribal e não teve outra alternativa senão montar uma camela e viver da pilhagem.

Tu, que me criticas por amar a guerra e adorar o vinho, podes me dar a imortalidade?

Deixa-me beber, então, até fartar. Se morrermos amanhã, verás qual de nós terá mais sede.

Há um aspecto curioso na vida de Tárafa: ninguém se lembra de tê-lo visto com mulheres, embora o poeta se refira a elas (especialmente às de pernas roliças) como um dos prazeres da existência, além do vinho e do cavalo. Seu poema clássico — também classificado entre os "suspensos" — abre com a menção de uma certa Khawla, que muitos identificaram como uma jovem da tribo de Kalb, mas que jamais foi vista na companhia de Tárafa.

Sobre um chão de pedras, os vestígios do acampamento de Khawla brilham como os restos de uma tatuagem sobre o dorso da mão.

Não se sabe exatamente por que, mas, pouco depois do banimento, um primo de Tárafa resolveu dar a ele uma segunda oportunidade, trazendo-o novamente às tendas de Bakr bin Wáil. Lá, mereceu tratamento pouco superior ao que se dispensa aos servos, incumbido de cuidar da cáfila do primo.

Evidentemente, Tárafa não parou de beber; e numa dessas grandes alegrias acabou permitindo que os camelos escapassem. E teve de fugir, jurado de morte, por todos os desertos, até obter hospitalidade dos príncipes de al-Hira.

Foi nessa corte que Tárafa concluiu o poema que seria laureado como um dos sete máximos. Os árabes de al-Hira ficaram impressionados com o fato de um terço dos versos ser dedicado à camela do poeta, cuja beleza poucos antes dele conseguiram captar.

Tem as coxas tão perfeitas como o pórtico altivo de um palácio;
os sulcos do chicote nos seus flancos são regos sobre a face lisa de uma colina rochosa;
seus olhos são espelhos ocultos numa gruta — e as órbitas de pedra são cavidades de dois olhos-d'água;
e arrasta a cauda como faz a escrava, mostrando ao amo a barra de uma saia larga e branca.

Mas o primo de Tárafa armou não sei qual intriga, que o poeta e o único tio que lhe permaneceu fiel receberam do príncipe de al-Hira a missão de levar uma carta ao governador do Bahrain.

No meio do caminho, o tio pediu que um jovem caminhante lesse o conteúdo da missiva. Era, como intuiu, uma sentença de morte. Tárafa, paradigma de lealdade, recusou-se a retornar. E seguiu sozinho.

O governador concedeu-lhe o favor de escolher o modo por que ia morrer.

— Encham-me de vinho até a boca e depois me sangrem na altura dos intestinos.

Consoante o costume beduíno, a camela de Tárafa foi presa ao lado do túmulo. A lenda refere fatos estranhos: em primeiro lugar, as pedras do sepulcro amanheceram, no terceiro dia, removidas. A camela tinha-se libertado do baraço. E o corpo de Tárafa desaparecera.

Uma testemunha jurou ter visto a camela livre, sobre a sepultura aberta, tentando pôr as tetas secas sobre os lábios do cadáver. Como Tárafa tivesse morrido atado por cordas aos dois braços, esticados horizontalmente, figurando uma cruz, não tardaram as heresias de que Tárafa era a segunda encarnação de Cristo.

Foi o primo mau do poeta quem as contradisse.

— Impossível. Tárafa era um ladrão. A camela em que montava era minha e se chamava Khawla. Roubou-a quando deixou fugir os outros.

Ninguém deu muita atenção às implicações de tal pronunciamento, mas quero destacar o terceiro verso do poema de Tárafa:

De madrugada, os palanquins partiram, levando minha bem-amada, como navios deslizam sobre o leito de um rio.

A primeira interpretação, vulgar, é a de que o poeta estaria lamentando a partida de uma prima, provavelmente a referida Khawla. Mas por que não poderia ser um pranto pela ida da camela?

thá

4ª letra

como número, 500

numa sequência, o 23º

inicial de ثار, vingança,

e ثمن, preço

Não se mata um porco
sem melar a faca
(anônimo)

De fato, como as moças de Ghurab puderam testemunhar, ainda não tinha sido al-Ghatash quem estivera no acampamento e vislumbrara sem véus a irmã de Sabah. Os beduínos que jogaram com o poeta também depuseram a seu favor. Mas Dhu Suyuf exigia uma reparação, uma justa, com base no clamor desesperado do monge.

— Ninguém chama por alguém que está a meia hora de caminhada.

Al-Ghatash, que não cessara de se defender com palavrões, mudou de tom, subitamente:

— Aceito o desafio. Desde que tenha o direito de escolher as armas, desta vez.

Dhu Suyuf cedeu às condições do poeta de Labwa; e este definiu as normas do duelo que lhe valeu a desonra, a proscrição da tribo e o esquecimento dos árabes.

— Será vencedor quem recitar o maior número de versos em louvor de Layla, na rima *lam*, como a do seu nome, na medida longa, como a do seu talhe.

Um rumor de indignação eclodiu entre os Ghurab, tribo em que mais ninguém compunha versos; mas já era tarde. No dia seguinte, o povo de Najran se amontoou para ver a disputa.

Ninguém duvidava da vitória de al-Ghatash. Mas Ghurab, reunida em massa, mantinha a altivez do orgulho. Alguns homens de Labwa também compareceram, entre eles um dos tios do poeta, único a não ficar olhando para os próprios pés.

Dhu Suyuf começou a declamar. A tradição não guardou nenhum daqueles versos: eram corretos; mas não tinham beleza. Já dissera de memória os que conseguira recolher da tradição tribal e emendou os de improviso, que não passavam de variantes grosseiras dos primeiros.

Estava muito esgotado quando chegou a cem. Tossiu. Tentou retomar o fio da meada, mas proferiu o centésimo primeiro verso numa outra rima.

Era a vez de al-Ghatash. O povo de Najran ficou maravilhado com a fluência do ritmo, com a delicadeza das metáforas. Tranquilo, tinha somados já noventa e nove versos de insuperável perfeição quando irromperam, de repente, vários homens armados, que cercaram os escassos representantes da tribo de Labwa.

— Isto é pelo sangue de Khalil!

Era Qudra, na fúria da vingança. Al-Ghatash, contudo, não reagiu, como se espera de um poeta árabe. Ao contrário, disse o verso de número cem enquanto via tombarem seus parentes.

— Vergonha para Labwa! — gritou o tio de al-Ghatash, que jazia de bruços, com a cara enfiada na poeira e a nuca sob a ponta de um sabre.

Ainda tentou virar o pescoço para saber se o poeta da tribo já retesava o arco ou puxava o alfanje, mas não viveu para ouvir o centésimo primeiro verso do filho da sua irmã e assistir à fuga impune dos seus assassinos.

Al-Ghatash vencera o duelo. Cumprira a segunda das três condições para obter Layla. E foi sentenciado a nunca mais descansar sob uma tenda de Labwa.

EXCURSO

Uma história de Allahdin

A literatura árabe (e em particular a narrativa árabe) é, fundamentalmente, geométrica. Mais que contar uma história, os primitivos narradores do deserto pretendiam desenhar uma figura. Não é à toa que entre os árabes a caligrafia seja praticamente a única arte figurativa.

O livro das *Mil e uma noites* não foge a essa regra. Foi a primeira tentativa humana de representar o infinito. A versão que conhecemos (traduzida no Ocidente pelo erudito francês Antoine Galland) é apenas uma imagem esbatida do original, escrita sob a influência nefasta do livro persa das *Mil noites*, que nada tinha de infinito e era protagonizado por uma certa Xerazade, mulher de carne e osso.

A verdadeira Xerazade foi, e ainda é, um gênio feminino. Os gênios da mitologia beduína pouco têm em comum com aqueles seres aprisionados em lâmpadas ou lacrados baús. Eram entidades incorpóreas, transitando pelos estados da matéria, situáveis entre os deuses e os mortais, dominando as regiões inóspitas, onde abordavam os viajantes solitários, tornavam os homens loucos e inspiravam os poetas.

Há inúmeros deles, como, por exemplo, Dalhan — canibal que aparece sob a forma de um homem montado num camelo negro; Ghaddar, que se diverte torturando os prisioneiros; Hatif, invisível, que dá conselhos imprudentes; Shaytán, que reina sob as chamas; Ifrit, que assume formas animais; Shiqq, que tem uma perna e um braço, meio corpo e meia cabeça; Ghul e Qutrub, que se prostituem, respectivamente, a homens e mulheres; Silat, que faz dançar; Sut, que faz mentir; e Xerazade ou, mais propriamente, Shahrazad, que, perversamente, satisfaz desejos.

Shahrazad costumava surgir na tenda dos beduínos para incitá-los a revelar o que sonhavam. Os casos falam por si: Nabil quis ser o homem mais rico e viu-se exilado no deserto, sem poder sair, dono de um poço inesgotável de água pura. Fátima quis ser a mais amada das mulheres e excitou a libido de quatrocentos homens, todos leprosos, que a perseguiam pelas vielas de Damasco. Mas a tragédia de Harb foi a mais notável: almejando a imortalidade, foi sepultado vivo e ainda hoje grita, do fundo do túmulo.

Os gênios sempre foram combatidos. A primeira a vencê-los foi a extinta deusa al-Uzza, quando aprisionou grande parte deles atrás do círculo da montanha Qaf, que circunda a Terra.

Dos que escaparam, quatrocentos e vinte foram capturados mais tarde pelo rei Salomão, que os encantou com o poder de um anel mágico.

Poucos gênios permaneceram livres. Shahrazad foi um deles. E persistiu, em seu destino horrendo, pervertendo a ambição dos homens, até entrar na tenda de um jovem beduíno contador de histórias, da tribo de Labwa, chamado Allahdin.

— Quero conhecer todos os relatos possíveis — foi a resposta à sedução de Shahrazad.

E ela riu da inocência de Allahdin, que — por mais que vivesse — não teria tempo de escutar todas as histórias engendráveis pelo espírito humano.

Shahrazad viu que Allahdin acendeu uma lâmpada e deitou-se na esteira, para ouvir. O gênio feminino começou a contar. O lume da lâmpada se apagou. Allahdin reacendeu-o inúmeras vezes. A tribo de Labwa partiu, e ele permaneceu obstinado, sob a tenda, escutando a narrativa de Shahrazad.

E envelheceu, ainda prestando atenção às fábulas da "gênia"; até morrer. Shahrazad venceu. Sabia que Allahdin não iria sobreviver ao tempo necessário para ouvir todas as histórias.

Só demorou a perceber que ela, também, caíra na armadilha preparada pelo jovem beduíno.

Porque Allahdin sabia que toda narrativa desemboca noutra; e essa, noutra; e noutra; e assim sucessivamente, até que a primeira volte a ser contada e o processo se repita, infinitas vezes. Na verdade, as histórias possíveis são finitas, mas nenhuma é a primeira; nem a última.

Como o círculo da montanha Qaf, como o círculo do anel de Salomão, as histórias que Allahdin quis conhecer também formavam um círculo. Shahrazad foi aprisionada nesse círculo, que é, na essência, a figura do infinito.

As primitivas *Mil e uma noites* tentaram reproduzir a obra de Shahrazad. Não é por acaso que a personagem Aladim da versão degenerada que nos alcançou seja um jovem que obtém domínio sobre um gênio.

Hoje, o verdadeiro Allahdin não passa de um punhado de ossos enterrados no deserto. Ao lado dele, Shahrazad permanece escravizada, sem conseguir terminar uma cadeia infinita de histórias que dá volta sobre volta sem chegar ao fim; e que, no fundo, não passa de uma história só.

khá

7ª letra

como número, 600

numa sequência, o 24º

inicial de خالد, eterno,

e خال, vazio

Amo a tribo dos morcegos,
porque entre eles
toda fêmea é bela.
(al-Ghatash)

Retive minha camela para contemplar o Monte das Hienas. Era quase ereto como um seio de mulher jovem, tombando um pouco para o lado, como o daquelas que amamentam pela primeira vez. Alcancei-o logo depois e subi pela trilha da encosta menos íngreme.

Numa das socavas laterais, um filhote de órix gemia e pulava em volta do cadáver da mãe. Já não tinha mais linhagem, como eu. A diferença é que eu ainda era capaz de fundar outra.

Macários carregou o pequeno animal, visto que a última das minhas flechas lhe traspassara o pescoço. Foi ele nosso repasto da noite, assado sem tempero sobre pedras nuas. A carniça da mãe ainda não cheirava, mas já podíamos ouvir as hienas que rondavam aquele lugar infame.

Mesmo assim, adormeci. Sonhava com o rosto desvelado de Layla, que me beijava a boca, como a leoa que lambe o umbigo dos recém-paridos, quando latidos do cão de Macários me despertaram. E não era bem Layla, mas uma hiena fedida, horripilante, quem passava a língua nos meus lábios.

Com a adaga, ataquei a fera, que se meteu por um desvão do terreno. Corri no seu encalço, devassando a escuridão. A hiena não estava no lugar que supus. Em vez dela, toquei a figura magra, andrajosa e repelente da adivinha manca, sorrindo como uma gralha que revoasse dos infernos.

— Maldita!

E me atirei, prendendo a velha sob o peso do meu corpo.

— Vou levá-la até Ghurab, para cumprir a terceira condição!

— Pois lembre das palavras de al-Muthanni: *quando homens de Ghurab, pelo rastro da tua boca, trouxerem a adivinha para as tendas da tribo.*

Se eu for levada pelas tuas mãos, é Dhu Suyuf quem vence.

Desgraçados, os que têm razão! Resolvi libertá-la, depois de mantê-la ainda algum tempo indócil sob mim. Desfez-se na noite como um seixo atirado no abismo.

— Como pôde gozar de um corpo tão disforme?

Respondi a Macários que não tive outro meio de arrancar um farrapo do manto da velha.

— Teu cão farejará o paradeiro da adivinha manca.

PARÂMETRO
Urwa

Urwa foi, essencialmente, um ladrão. Pode parecer estranha essa ênfase, já que uma das principais ocupações dos homens bem-nascidos, entre os beduínos, era a pilhagem das tribos inimigas.

Mas havia uma grave diferença: Urwa não roubava para os seus, mas para distribuir indistintamente entre criminosos e desamparados.

Nas cavernas das montanhas, chegou a fundar uma comunidade de proscritos, que vivia do que Urwa roubava. Poucos cometeram crimes como ele.

Os árabes se consideram um povo generoso. O direito à hospitalidade é sagrado, entre eles. Cada senhor de um grupo de tendas está moralmente obrigado a proteger quem quer que lhe peça abrigo, ainda que se trate de um inimigo mortal.

Mas tais demonstrações de generosidade eram exercidas em caráter privado; e não eram desinteressadas. Urwa foi o primeiro a concebê-la como virtude anônima, impessoal.

— Não sou, como os rústicos, homem de comer sozinho — dizia, roubando um verso de Hatim al-Tay.

Urwa gostava de se comparar às camelas sacrificadas e esquartejadas, cujos pedaços eram apostados por meio de flechas. Para ostentar riqueza e desprendimento, fornecia rebanhos inteiros para esse tipo de jogo.

E quando comerciantes de vinho sírio armavam as tendas e erguiam os estandartes, quando de todas as tribos acorriam criados para abastecer os enormes odres de couro de camela, Urwa saqueava o estoque inteiro, para dar de graça, aos bêbedos.

Nos versos célebres em que cantou o crime, todos imitados de outros poetas, nota-se um imenso desprezo pelos fracos, pelo homem que vai de cócoras, à noite, catar ossos no acampamento alheio, ou pelo que fica feliz e estica a mão quando vê alguém ordenhando uma camela.

A história refere um outro grande generoso: Hatim al-Tay, cujos versos Urwa gostava de roubar. Conta-se que fora um grande senhor, cuja bondade o reduziu à miséria. Conservava desse passado de fortuna uma única égua negra, o animal mais veloz que já correra no deserto, a quem beijava a boca em suas noites solitárias.

Certo dia, o mais rico dentre os xeques árabes foi procurar Hatim al-Tay. Não declarou de imediato o motivo da visita; e esperou algumas horas para comer.

Achou a carne um tanto dura, e estranhou a grande quantidade dela, pois Hatim já não passava de um mendigo.

— Vim até aqui para comprar a égua — arrotou o xeque, findo o jantar.

— Seria capaz de oferecê-la de graça, se já não estivesse em seu estômago.

Urwa soube dessa história; e quis roubá-la de Hatim al-Tay. Começou a se desfazer de tudo, dos objetos mais insignificantes aos que lhe eram mais caros — o que incluiu uma cimitarra índia, obra dos melhores alfagemes do Punjab.

Todavia, continuava precisando roubar para dar sustento à sua vasta multidão de vagabundos. Certo dia, vendo a cimitarra numa feira em Palmira, trucidou o velho que a vendia, a golpes de punhal, também roubado.

Esse incidente transtornou a razão de Urwa. Porque os beneficiários das dádivas se transformavam imediatamente em alvos da pilhagem.

É dessa época talvez seu único verso autêntico:

O bandido verdadeiro é aquele cuja face brilha, e espalha o terror da morte entre os homens que encontra.

Então, no auge da loucura, Urwa decidiu exterminar a humanidade inteira e acabar com o instituto da propriedade, começando pela corja que reunira nas cavernas das montanhas.

Morreu, é claro, esfolado como um cão.

— Menos um! — pôde dizer, enquanto estrebuchava.

dhal

9ª letra

como número, 700

numa sequência, o 25º

inicial de ذهل, esquecer,

e ذكر, lembrar

As melhores coisas da vida
são aquelas que não servem
para nada.
(Zuhayr)

Anos atrás, quando roubava livros num sebo da Rua do Carmo, justamente no instante em que ia embolsar uma versão latina do *Almagesto* de Ptolomeu, fui surpreendido por uma rude voz de homem:

— O senhor é astrônomo?

Disse que não, que meu interesse por aquelas coisas era meramente literário, mas desconfiava que o astrônomo era ele.

— Na verdade, dei aulas de física para o Supletivo.

Com habilidade, conduzi a conversa para o problema das máquinas do tempo. Foi taxativo: o modelo tradicional das narrativas de ficção científica, em que a máquina permitia ao indivíduo avançar pelo futuro e voltar ao passado, frequentemente interferindo na história, era inconcebível em termos estritamente físicos.

— Em qualquer teoria do universo, espaço e tempo são categorias interdependentes. É vedado à matéria deslocar-se no tempo sem se deslocar no espaço. E vice-versa.

Apliquei esse princípio às histórias contadas pelo libanês do quibe, para concluir que eram todas falsas. E fiz, enfim, a indagação essencial: se as partículas de luz — da mesma forma que incidem sobre os objetos e, por reflexo, trazem a imagem deles aos nossos olhos — não se poderiam projetar indefinidamente no espaço.

— Sem dúvida. Infinitamente, se o espaço for infinito. Até o limite do espaço e do tempo, na hipótese inversa.

Perguntei, ainda, se uma imagem formada na Terra poderia ser refletida nos confins do universo e voltar a ser observada no mesmo local. Quis saber detalhes: distância aproximada do ponto refletor e intervalo de tempo entre as duas observações.

Dei as indicações que pude depreender da *Qafiya*. Ele riu.

— Apenas se a imagem viajasse a uma velocidade superior à da luz. Nas teorias existentes, isso ainda é impossível.

Saí do sebo com duas conquistas: o *Almagesto* de Ptolomeu e a certeza de que o universo admite velocidades superiores à da luz (coisa que os alunos do Supletivo jamais sonharam ser possível).

Já não duvidava de que o olho de Jadah fosse apenas um espelho, constituído de uma matéria qualquer, capaz de refletir, numa configuração astronômica específica, para o mesmo ponto onde foram formadas, imagens que se movem bem mais rápido que a luz.

Uma objeção poderia ser interposta: a adivinha narra, pelo olho de Jadah, não apenas os movimentos de al-Ghatash no Oásis de Areia (o que seria plausível) mas também a jornada do poeta pelo deserto (o que seria absurdo, por não ter observado o céu desses locais).

Mas isto é apenas uma mistificação da velha: o que ela viu mesmo foram as cenas do oásis; o resto soube pelos versos da própria *Qafiya*, cujo eco al-Ghatash afirma ter deixado "por todos os lugares".[17]

---

[17] Conferir capítulo ط, página 85.

Assim, só ficava um problema: se o olho de Jadah era tão somente uma espécie de espelho, se aqueles que o miravam de frente não viajavam propriamente no tempo, mas apenas assistiam às cenas que tinham acabado de acontecer há — no máximo — meia hora, não poderia haver divergências entre o fato vivido e a imagem captada no céu.

Ora, a *Qafiya* tinha erros desses: quando al-Ghatash chega na aldeia onde encontra pela primeira vez a adivinha manca, desfaz uma volta do turbante; no olho de Jadah (visto pela velha) omite esse gesto. No ataque de Ghurab ao Mosteiro da Caverna, Macários está no mesmo degrau do *abba* Chacur e Dhu Suyuf desembainha um sabre; o olho de Jadah mostra Macários num degrau acima e Dhu Suyuf com dois sabres. Durante a expe riência no deserto, os homens levam um cão; mas ladram vários contra o ataque dos chacais na imagem recriada pelo olho de Jadah.

Será que essa imagem refletida retorna com defeito? Ou é nossa própria visão dos fatos que apresenta distorções? E que dizer do incidente de Najran, em que Macários testemunha ter al-Ghatash penetrado entre as tendas de Ghurab?[18]

[18] Conferir capítulos ط, ك, ر e ت, respectivamente nas páginas 85, 105, 185 e 203.

EXCURSO

O labirinto oracular

Quem quer que escute um desses narradores populares, nos mercados e cafés das cidades árabes, certamente ouvirá falar de uma mulher fantástica, que surge sempre vestida de preto da cabeça aos pés, coberta por um véu diáfano da mesma cor, e que rouba, mata, incita o adultério, dissemina doenças e difunde toda espécie de mal, aparecendo e desaparecendo tão subitamente que se supõe seja um gênio feminino.

Na verdade, esse ente leva o nome de Sayda; e é um ser humano.

Deve ter nascido no século anterior ao de al-Ghatash, numa das tribos pagãs que percorriam a região de Qudayd, onde ficava um famoso santuário lítico de Manat, deusa do destino que conduz à morte.

Sayda, menina ainda, frequentou os sacerdotes da deusa. E deles ouviu o oráculo do seu próprio fim.

A juventude é incompatível com a morte: Sayda quis confirmar o vaticínio comparecendo novamente diante de Manat; só que disfarçada, como se fora um homem. Não se sabe quantas vezes empregou o ardil, apenas modificando o disfarce. Contam que chegou a cortar os cabelos, a vazar o olho esquerdo, a amputar alguns dedos dos pés e das mãos.

Os oráculos diferiam na forma, mas tinham o mesmo sentido. Sayda, então, resolveu desafiar a deusa. Não quis apenas contradizer os oráculos; pretendeu ficar imune à morte.

Não se sabe exatamente como, mas Sayda passou a se infiltrar entre os peregrinos de Manat e a ouvir os destinos de todos eles. Fez, então, a grande descoberta: além de confirmar que um número indeterminado de oráculos podia possuir apenas uma única interpretação (como no seu caso), percebeu que havia um número máximo de interpretações possíveis, correspondente a exatos 3.732.480 destinos pessoais.

Sayda catalogou todos eles e chegou a escrevê-los nas areias mudáveis do deserto. No entanto, a memória de Sayda era como uma inscrição em pedra; e ela, conhecedora dos 3.732.480 destinos, pôde escapar, não só do seu, mas de todos eles.

Segundo o testemunho das areias, cada um dos 3.732.480 destinos constituía um labirinto. A morte era, com certeza, inevitável; mas pessoas com destinos iguais não necessariamente chegavam nela pelos mesmos caminhos.

O que tornou Sayda imortal foi perceber o ponto de contato entre os 3.732.480 labirintos — o que lhe permitia saltar de um a outro, antes de morrer. Era possível fazer isso às vezes trocando de mão no instante de levar o pão à boca, mudando subitamente de direção ao caminhar, fazendo um e outro gesto irrelevante ou mesmo roubando, matando, incitando o adultério, disseminando doenças, difundindo o mal.

Cabe aqui um parêntese. Foi com base na história de Sayda que especuladores eruditos analisaram o número 3.732.480, constatando ser equivalente da expressão $3 \times 5 \times 12^5$. Este é o número de combinações possíveis entre os sete astros empregados na astrologia antiga e os doze signos zodiacais.

São esses doutores os verdadeiros responsáveis pela teoria de que a humanidade inteira, desde o primeiro homem à população dos dias atuais, conta apenas 3.732.480 pessoas. O resto, essa imensa legião humana, são corpos tão somente, dotados de consciências falsas. O único problema dos doutores é que não sabem distinguir as pessoas verdadeiras desses corpos autômatos, que se julgam gente.

Mas nada está provado. O que se sabe é que Sayda vive e Manat já não é cultuada em Qudayd.

Para vencer a morte, Sayda participa de todos os destinos. É triste, mas só lembramos dela quando nos causa dano. Não creio que se possa condená-la. O erro é percorrer um labirinto. Todo crime é em legítima defesa.

dad

15ª letra

como número, 800

numa sequência, o 26º

inicial de ضب, rancor

e ضحكة, riso

Sou imortal:
nunca saberei
quando tiver morrido.
(Hárith bin Hilliza)

O cão de Macários, depois de cheirar o trapo da roupa da gralha manca, latiu para as alturas da Pedra do Mirante. Era lá, naqueles cimos, naqueles ermos desolados, que a adivinha tinha-se escondido.

Chicoteei minha camela para onde estacionava a tribo de Ghurab. Seu suor sulcou a areia como torrentes talham leitos para os rios. E ela suou urina, suou leite, suou sangue, até cair esfalfada sobre a sombra de al-Muthanni.

— A gralha vive entre as ruínas da Pedra do Mirante.

Éguas de Ghurab seguiram o rastro de sangue, leite, urina e suor. Macários, que chegou depois, cruzou com elas no caminho.

— Estão indo no rumo certo. Breve, Layla será tua.

Olhei para as mantas bordadas que ocultavam as tend as das mulheres, mas avistei apenas mil e cem cavalos negros de olhos verdes. No meio deles, Dhu Suyuf.

— Acabo de reunir o último garanhão à manada. Este é o dote que prometi por Layla quando um cão de Labwa carregou Sabah.

Só então compreendi por que o xeque havia esperado tanto. Pela primeira vez, admirei um inimigo. E bendisse o pacto que me deu a oportunidade de roubar duas noivas a um homem que lutava com as duas mãos.

De repente, uma poeira subida do horizonte anunciou um tropel, vindo da direção da Pedra do Mirante. Ao mesmo tempo, algo semelhante a um vulto humano pareceu figurar no extremo oposto, no fundo do deserto das areias rubras. As imagens se aproximavam como gotas que escorressem de dois pontos de um funil.

Não tardei a reconhecer os cavaleiros de Ghurab. Mas relutei em admitir o que meus olhos viam no outro lado.

— Foi isto que encontramos na Pedra do Mirante!

E me atiraram ao rosto cadáveres de corvo — tudo o que o cão de Macários pudera farejar no pedaço de manto da adivinha manca, que agora aparecia bem nítida, capengando naquele seu passo torto e, ante os olhares incrédulos dos vivos, entrando pelas próprias pernas numa tenda de Ghurab.

PARÂMETRO

Labid

Al-Ghatash morreu jovem. Labid pertence ao pequeno grupo dos *muammarun* — poetas vividos em torno dos cem anos. Labid teria alcançado cento e cinquenta ou mil e quinhentos — é uma questão de zeros, que na escrita árabe são representados por um pequeno ponto.

Labid viveu tanto que chegou a ser contemporâneo do Profeta e a se converter ao islão.

O nome "Labid" tem a mesma raiz de "Lubad" — como se chamava o sétimo abutre associado às sete vidas do legendário sábio Luqman. Os beduínos creem que o abutre é um animal de extraordinária longevidade. Cada uma das sete vidas de Luqman teve a duração da vida de um dos seus abutres, sucessivamente, o que lhe garantiu longevidade acima de sete séculos. Ninguém levou a sério a hipótese de que Labid fosse um abutre.

Mas antes de ser um ancião talhado pelo sabedoria finita do mundo, Labid foi rapaz, foi homem, lutou nas guerras da Ignorância e foi herói, como os poetas árabes deviam ser.

Há um episódio curioso na biografia de Labid. Durante o eterno conflito que envolveu a tribo de Ghassan, aliada dos bizantinos, e a de Lakhm, que apoiava os persas, Labid, possuidor de imenso prestígio entre os de Lakhm, enviou ao xeque dessa tribo um rico presente, como prova de vassalagem e aliança. Foram mil baús de pedras e metais, dispostos sobre mil belíssimos cavalos ricamente ajaezados, que também faziam parte do presente.

Quando o xeque de Lakhm os recebeu, mil cavaleiros disfarçados de baús investiram contra ele, armados. Dentre os bens pilhados, a cabeça do xeque.

Quem não vê nesse episódio a origem histórica do mito homérico do cavalo de Troia? E essa é a maior evidência da antiguidade de Labid.

Labid foi sábio, foi poeta, foi cavaleiro, combateu, bebeu, amou, jogou, traiu. Seu Poema Suspenso — dos mais belos, certamente —, composto numa rima dificílima que se repete em nada menos de oitenta e oito versos, é a condensação de todos os motivos, implícitos e explícitos, da poesia pré-islâmica. Consegui traduzir apenas os piores trechos.

Esvaíram-se os vestígios das tendas, despovoaram-se as vastidões desertas; e até as covas, onde moram as hienas;

os leitos dos rios, que manam da montanha, estão desnudos, gastos, como antigas inscrições em pedra.

As torrentes expuseram as ruínas, como quem restaura uma inscrição antiga.

Então parei e interroguei aquelas rochas. Mas como interrogar imortais surdos, cuja língua é incompreensível?

O restante do poema evoca a cena tradicional da partida das mulheres, que vão como vacas selvagens, como gazelas brancas, até que a miragem se dissolva e elas sejam apenas traços sobre a areia.

Abruptamente, Labid passa do tema da ruptura amorosa à descrição da camela. Há um verso imortal:

O melhor amante é quem mais facilmente rompe as rédeas do amor.

Dessas experiências eróticas que demoraram séculos, Labid chegou a formular uma verdadeira tese sobre a personalidade feminina. O seu Poema Suspenso trata da camela, da fêmea do asno selvagem, da fêmea do órix, e da égua. Cada uma delas é a metáfora de uma espécie de mulher.

Depois disso, resta uma cena de taberna, o elogio da tribo, a guerra e a caça.

Muhammad era morto quando Labid proclamou *Não há deus senão Deus* e renunciou à poesia. Muitos beduínos vieram até Labid para perguntar por quê.

— Só há um Deus. Só há um Livro. Abençoado o Profeta cujo único milagre é um Livro — foi a resposta.

Eu teria dito que só há um Poema, o poema de Labid, estampado pelos árabes sobre a Pedra Preta.

A conversão de Labid simboliza o fim da poesia pré-islâmica. A Idade da Ignorância terminara. E tenho para mim que Labid, encarquilhado pelo tempo, imenso mas finito, não foi outro senão o próprio abutre Lubad. A diferença está apenas nas vogais. Só que, diferentemente do zero, na antiga ortografia árabe as vogais não eram escritas.

zâ

17ª letra

como número, 900

numa sequência, o 27º

inicial de ظل, sombra,

e ظن, fé

Não amo tudo que tenho,
mas tenho tudo que amo.
(Nábigha)

Pela referência expressa à Pedra do Mirante — antigo minarete fortificado, erguido para prevenir as invasões abissínias — deduz-se que o oásis onde então estava o povo de al-Muthanni era o Bab al-Rimal, a Porta das Areias, que se situa no limiar do extenso e intransponível Rub al-Khali ou Quadrante Vazio, o mais terrível dos desertos árabes, túmulo de areia vermelha para os beduínos que por ele se aventurem.

Esta é a cena onde se desenrolam os movimentos finais da *Qafiya al-Qaf*: a morte de al-Ghatash e a extinção da raça de Ghurab — tudo o que a adivinha manca previu; ou, quem sabe, provocou.

Esse passo do poema explicita que a personagem da adivinha, construída à imagem dos corvos e das gralhas, pertencia à linhagem de Ghurab, mas fora banida do convívio tribal e lançara a maldição de um extravio que daria fim a todos. Segundo as próprias palavras da velha, isso aconteceria quando ela retornasse às tendas por seus próprios pés.

O xeque dos Ghurab pretendia anular o mau agouro se a capturasse pelo braço dos seus e a trouxesse arrastada e presa à sela de uma égua. Só que o destino tem ideias próprias.

No instante em que al-Muthanni craveja o corpo da adivinha com todas as flechas da sua aljava e al-Ghatash percebe ter perdido o meio de cumprir a terceira condição, um outro tropel ponteia no horizonte. Ghurab hasteia os pendões, desembainha os alfanjes e dispõe os cavalos em linha de combate. Mas logo se veem cercados pelos cavaleiros de Salih e das tribos federadas, tão numerosos quanto grãos num punhado de areia.

Muitos morrem; outros debandam. A única saída é o Quadrante Vazio. Não é uma tribo que foge. São homens trépidos que se dispersam: o anunciado extravio dos filhos de Ghurab.

Al-Ghatash, então, acompanhado de Macários (foi nessa jornada que o monge decorou os últimos versos da *Qafiya*), parte no rastro de Layla, que não hesita em optar pela garupa da égua de Dhu Suyuf.

O poeta entra no deserto. Corre inverossímeis onze dias à cata da mulher velada. Macários adverte ser aquele o dia em que o olho de Jadah iria rebrilhar no céu. A noite se aproxima com um prenúncio de vendaval.

Por trás de uma pequena duna, emergem Layla e Dhu Suyuf, cujas flechas fazem tombar a camela do filho de Labwa. Sobrevém uma rajada de vento. Os véus de Layla não se desprendem. E ela desaparece numa cavalgada.

Macários clama por al-Ghatash, que insiste em prosseguir a pé e decifrar, de uma vez por todas, o enigma de Qaf, contemplando o olho de Jadah.

O monge decide retornar só, indicando antes a posição exata em que o fenômeno iria ocorrer. Muito mal tinha dado as costas, escuta o poeta cantar a beleza de uma égua de Ghurab, crinas negras, beiços grossos, ancas largas.

Exatamente como no dia em que havia vislumbrado o rosto de Sabah, mulher a quem buscava e que já fora dele.

EXCURSO

As dançarinas de Amir

O amor, na forma que hoje o conhecemos, é um conceito hindu, senão chinês. Mas não surgiu das experiências sensoriais daqueles povos, como se chegou a afirmar. Em sua lenta evolução, sofreu considerável influência do erotismo puro, essencialmente físico. E, nesse campo, é necessário reconhecer a precedência árabe.

No tempo em que a extinta tribo de Fádua dominava as extensões arenosas e a maior parte dos oásis que iam do sul ao norte da península, os clãs beduínos ainda eram comandados por mulheres. Como ocorre entre espécies animais, o poder era exercido pelo sexo mais belo.

Cabia às mulheres atrair os homens, se os desejassem, a quem era vedado tomar a iniciativa. Com frequência, a disputa por eles gerava conflitos, não raramente degenerados em guerras tribais — tal a importância dos homens no patrimônio feminino.

Embora os bens móveis e rebanhos também fossem relevantes, o comando ficava normalmente com aquela que possuísse o maior número de maridos. Numa certa medida, era a quantidade de maridos que definia o grau de riqueza de uma beduína.

Raptos de homens eram muito comuns. Mutilações também, em maridos alheios. Mas as mulheres árabes logo perceberam que podiam exercer um poder mais duradouro sobre o objeto cobiçado, através da atração sexual. Do aprofundamento dessa tendência, surgiu a arte erótica mais elaborada de que se tem notícia, na Antiguidade.

Foram incalculáveis os avanços obtidos na medicina, na higiene, na erotologia, desde então. Os árabes foram os primeiros a identificar e explorar sensualmente o clitóris. De suas experiências com animais, também descobriram a técnica da inseminação artificial — que resultaria no espetacular aprimoramento das raças equinas, a ponto de tornar o cavalo árabe o mais perfeito exemplar da sua espécie.

Não é necessário mencionar o desenvolvimento da indústria dos arômatas, das tinturas, da joalheria. A arte têxtil conheceu idêntica expansão, principalmente a da confecção de véus — que na época serviam apenas para preservar a face e os cabelos dos rigores do sol e das tempestades de areia.

Em tendas pervadidas pelo incenso, beduínas perfumadas e pintadas, vestidas com belos trajes, adornadas com os mais ricos adereços, submetiam os homens a prazeres cada vez mais sofisticados, na ânsia de superar as oponentes.

Nos duelos públicos, tidos no meio dos acampamentos, as mulheres dançavam para seduzir e encantar rapazes disponíveis para o matrimônio.

Foi especificamente nessa época que a música árabe ganhou um novo gênero — a *raqsa*, conhecida no Ocidente como "dança do ventre" —, fundamentado numa percussão muito viva e no solo de rabecas monocórdias. Não havia canto: a expressão subjetiva era exclusivamente coreográfica.

A lenda atribui a um certo Amir a invenção da *raqsa*, tanto do ritmo quanto da dança. Com uma rapidez inusitada, a novidade se expandiu pelo deserto e passou a ser o único gênero empregado nas exibições femininas, diante de jovens núbeis.

Amir aperfeiçoou os elementos da sua criação: concebeu delicados meneios de cabeça, de pescoço, de tórax; aumentou consideravelmente o repertório de gestos; sofisticou as variedades de passos; e — principalmente — deu dimensão inusitada a uma vasta gama de movimentos de quadris e ventre.

As princesas árabes exigiram mais e Amir chegou a conceber uma linguagem. Melhor, uma escrita. Inspirado no alfabeto hebraico, que chegou a conhecer em suas viagens pelo Egito, idealizou um sistema segundo o qual cada motivo coreogrático passava a corresponder a uma sílaba da língua árabe: daí as sucessões de motivos formarem palavras e frases. A cada dançarina revelou essa invenção, secretamente.

As beduínas utilizaram aquelas letras voláteis, aquela escrita ágrafa, para prometer prazer e gozo, proteção e riqueza, em frases cada vez mais rebuscadas, numa competição sem fim. Só que os homens, atoleimados, não notavam nenhuma novidade e continuavam presos à antiga estética.

Foi então que o fenômeno se deu: as dançarinas, vindas de todos os recantos da Arábia, passaram tão somente a procurar Amir, a só querer Amir, a se exibir unicamente para Amir.

Aquele homem simples, escravo segundo alguns, que sequer teria sido belo, passara a ser — por ter criado o código — o único homem capaz de perceber um conceito novo de beleza.

É fácil compreender por que as tribos árabes, desde então, começaram a ser dominadas pelos machos, rebelados contra as fêmeas que os tinham seduzido e optado por Amir.

Num dia previsível, Amir foi capado, seviciado e morto por beduínos hostis, brutais, que agora se lançavam à caça das mulheres e nunca imaginaram pudessem ser tão fortes.

ghayn
19ª letra
como número, 1.000
numa sequência, o 28º
inicial de غسق, crepúsculo,
e غرق, naufrágio

O melhor cego é aquele
que quer ver.
(anônimo)

Pois esse é o passo final. O olho de Jadah devolveu a al-Ghatash a imagem da cena que o poeta acabara de viver, com uma leve distorção: Dhu Suyuf e Layla surgindo por detrás das dunas, a morte da camela, o vento soprando, o véu de Layla — dessa vez — levantado, e o rosto de Sabah, que mira o poeta pela última vez antes de sumir na cavalgada.

Macários abandonou al-Ghatash. Tinha na memória toda a *Qafiya al-Qaf*, cujos versos derradeiros acabava de escutar.

Mas nem esses versos derradeiros, por mais belos que se tornem a cada releitura, lograram emocionar os inautenticistas. Pelo contrário, acreditam estes que — exatamente por esse fecho — fica demonstrado não passar a *Qafiya* de uma grande brincadeira, elaborada com fina erudição por um falsificador contemporâneo.

O argumento principal provém da análise dos nomes das personagens: *Sabah* significa "manhã" — metáfora de quem recebe luz num rosto descoberto; e *Layla*, "noite" — que se associa à escuridão de uma face sempre oculta.

Isso atestaria, para alguns, serem ambas a mesma pessoa, cujo nome varia conforme esteja ou não com o véu. Tanto que, quando o olho de Jadah mostra Layla desvelada, é o rosto de Sabah que al-Ghatash contempla.

Reforça essa tese o fato de que a *Qafiya*, após o repúdio de Sabah, deixa simplesmente de mencioná-la e jamais refere um encontro das duas irmãs, mesmo quando Ghurab e Labwa estiveram juntas em Meca, no mês da peregrinação.

Creio que o lapso se deva à provável venda de Sabah como escrava após o repúdio. Li em algum lugar sobre uma dançarina árabe chamada Sabah, que provocara ciúme e morte entre soldados romanos da guarnição de Jaffa. Mas isso é apenas uma hipótese.

É contra uma outra interpretação, muito mais danosa, porque leva a *Qafiya* ao ridículo, que sempre me insurgi. Segundo essa corrente, o xeque al-Muthanni (que se traduz por *o que duplica, o que gera em dobro*) recebeu esse apelido por ter sido pai de gêmeas; e o poeta al-Ghatash (de uma raiz que significa *estar escuro, ter a vista fraca, não enxergar*), sendo já meio incapaz de distinguir dois rostos diferentes, foi chamado assim pela tolice imensa de ter visto Layla e pensar que fosse Sabah.

Não posso aceitar essa degradação da poesia. Não posso imaginar gracejo tão perverso. Não posso crer que meu avô Nagib, quando olhava sério para o telescópio, quando afirmava ser possível recuar no tempo, não houvesse realizado o experimento, não tivesse já comprovado a aparição do olho de Jadah.

Por isso estudei a fundo a ciência das estrelas, aprendi a manejar quadrantes, sextantes, astrolábios, telescópios, efemérides, cartas celestes. Mas ainda não tive coragem de fazer a experiência.

Tenho medo de conhecer uma versão diferente da *Qafiya*. Tenho medo de conhecer outra versão de mim.

Post scriptum

Os conhecedores da literatura árabe hão de ter notado que minhas traduções da poesia pré-islâmica não são exatamente literais.

Procurei, é claro, ser mais fiel à imagem que ao conteúdo.

Alguns também dirão que certas passagens da vida dos poetas não se acham em nenhuma das compilações conhecidas.

Espero que esses críticos compreendam bem a natureza dos mitos.

E não me acusem de ter sido falso: ser falso é da essência das coisas.

PÓS-ESCRITO

Como escrevi *O enigma de Qaf*

Quando comecei a carreira de escritor tinha já uma consciência muito clara de que minhas matérias-primas ficcionais estariam vinculadas à história do Brasil, à cultura popular e às grandes cosmogonias africanas e ameríndias.

Não era um projeto nacionalista, na acepção vulgar do termo, como pode parecer; mas uma consequência natural da minha história afetiva — o convívio das ruas, na zona norte do Rio de Janeiro; a ligação familiar com as escolas de samba; a experiência transcendente dos terreiros de umbanda e candomblé — conjugada aos interesses intelectuais surgidos durante minha passagem pela faculdade de Letras da UFRJ: as línguas africanas e indígenas e sua correspondente etnoliteratura.

Se, como autor, eu procurava submergir naquelas tão profundas brasilidades — vivia, como leitor, a aventura oposta: nessa época, entre 1994 e 1996, enquanto concluía o *Elegbara*, minha ambição de conhecer todos os clássicos da literatura universal começou a me levar para o Oriente; e não demorou que uma antologia de poesia árabe (em tradução francesa), adquirida junto a outros tantos livros viesse parar em minhas mãos.

Insisto na casualidade desse fato porque a etimologia do meu sobrenome pode sugerir nessa busca alguma espécie de etnicidade ou resgate de raízes ancestrais. Não foi o caso: minha agenda de leitura iria me conduzir, cedo ou tarde, àquele encontro.

Nunca, em toda a minha vida, um livro produziu em mim impacto tão forte. E não falo do volume inteiro — mas só do primeiro capítulo, que tratava da poesia mais antiga, anterior ao aparecimento do Profeta, composta por beduínos analfabetos, pastores nômades de camelos e criadores de cavalos.

Comprei, então, todas as traduções completas de poesia pré-islâmica disponíveis nas línguas que eu podia ler.

A sensação inicial se confirmou. Nada do que eu tinha lido até ali, e nada do que eu leria depois, se assemelhava minimamente àqueles versos. Não era só o exotismo da paisagem, não era só a singularidade dos temas, não era apenas a beleza exuberante dos poemas em si: minha fascinação tinha um motivo diferente.

Pela primeira vez eu pisava o território da lenda e os domínios do mito conduzido por uma voz em primeira pessoa, a voz direta de um indivíduo real, de existência histórica, que viveu numa sociedade tribal, arcaica, anterior à civilização.

Porque toda a lírica antiga que hoje conhecemos — seja egípcia, grega, chinesa, hindu ou babilônica — é filha das cidades, dos Estados, de uma organização humana que pressupõe um poder superior e a submissão da pessoa a tal hierarquia. A idade arcaica, heroica, está na poesia épica, que morre justamente quando emerge a nova ordem.

A poesia pré-islâmica não só me transportou para esse tempo arcaico: os poetas beduínos — que recitam seus poemas em primeira pessoa, que falam de si mesmos nos seus versos — me deram também um testemunho do que é viver, pensar, sentir uma mitologia autêntica: ou seja, considerada como parte da natureza, tomada como dado objetivo da realidade imediata.

Essa foi, certamente, a grande descoberta. Depois de ler aqueles primitivos árabes, compreendi o que tanto me fascinava nos mitos da África e da América indígena: a experiência radical da alteridade. Tomar o lugar do Outro, ser o Outro — pela via da literatura.

Mas, para que esse mergulho fosse mais profundo, eu necessitava de algo mais, de um instrumento mediador: o idioma. Foi quando decidi aprender árabe, para poder ler aqueles textos no original.

Na Leonardo da Vinci, tradicional livraria do centro do Rio de Janeiro, encontrei uma gramática elementar de árabe clássico, em dois volumes, com quarenta e cinco lições, que ia desde a alfabetização a textos literários mais complexos. Comecei a estudar, a fazer todos os exercícios — até que, em 1997, fui ao Líbano pela primeira vez; e comprei, em Beirute, na célebre al-Hamra, a rua das livrarias, cerca de cinquenta livros em árabe, além de outros, sobre a história e a literatura do período pré-islâmico.

Mas leitor e escritor continuavam, em mim, pessoas diferentes: enquanto estudava a gramática árabe, para conhecer melhor a poesia do deserto, trabalhava *O trono da rainha Jinga*, novela policial que seria a primeira de uma série, cobrindo cinco séculos de história carioca.

Jinga foi publicada em 1999. Nessa altura, eu tinha iniciado um esboço de tradução dos poemas pré-islâmicos. A ficção, no entanto, é um vício: eu precisava de uma outra história, de uma história minha.

E comecei a esboçar uma narrativa brasileira, uma aventura de piratas, que não tinha jeito de tomar uma forma razoavelmente aceitável, como ficção. Não demorei a intuir o óbvio: o imaginário dos poetas pré-islâmicos tinha me dominado totalmente. Eu tentava falar de mares e navios — mas eram camelos e desertos que desfilavam diante de mim.

Havia para tanto uma razão natural: embora minha meta fosse a tradução de um verso por dia, gastava às vezes quatro horas nesse exercício, menos para compreender a sintaxe que para decifrar as metáforas e preencher as elipses. Por isso, foram dez anos, do dia em que comprei a gramática à publicação d'*Os poemas suspensos*.

Acabei, então, fazendo aquilo que sempre me pareceu impensável: rascunhei a trama de uma novela beduína.

A inspiração inicial foi, naturalmente, a língua árabe; mais precisamente o alfabeto. Eu tinha percebido que a ordem das letras não obedecia exatamente à sequência dos valores numéricos atribuídos a elas. Esses, na verdade, eram os do primitivo alfabeto fenício, que é a base do hebraico, do grego e do latino. Imaginei, assim, um enigma, enunciado em árabe, cuja chave de decifração fosse o valor numérico das letras, de modo a poder ser lido tanto em árabe quanto em hebraico (já que estávamos num ambiente semita).

O assunto do enigma fui buscar no universo da ficção científica: pensei numa espécie de máquina do tempo que — em vez de grandes viagens pelo passado e para o futuro — voltasse apenas alguns minutos, permitindo ao observador assistir ao que ele mesmo acabava de viver. Como um sintoma borgeano, as duas experiências (a da memória e a da 'máquina') não poderiam ser idênticas. Assim, cheguei à ideia geral e à última frase.

Armar a história, então, já não era tão difícil: imitei a linha narrativa elementar dos poemas pré-islâmicos — a viagem do poeta por todos os desertos, em busca da mulher amada.

Não era um romance; mas uma novela, em vinte e oito capítulos curtos, seguindo as letras do alfabeto árabe. Foi esse livro que apresentei aos editores. Mas não fui feliz: publicado, o original não renderia muitas páginas; e o público queria livros grossos e pesados.

Era pelo menos uma recusa elegante. E eu acreditei nela. Mas me parecia impossível, todavia, mexer no texto. Introduzir personagens, alongar episódios ou mesmo estender o discurso quebraria o ritmo da narrativa e aniquilaria toda a minha arquitetura — porque seu fundamento era precisamente a concisão (característica do próprio estilo árabe) e a presença de um modelo prévio, teórico, relativamente rígido, que eu estabelecera para cada um dos capítulos — todos com aproximadamente o mesmo tamanho e com um único núcleo de ação.

Aquele impasse entre a necessidade editorial e a concepção puramente literária de uma narrativa me ensinou muito sobre a natureza dos gêneros de ficção e sobre o meu próprio processo criativo. Primeiro, que meu temperamento não propiciava o romance, cuja característica essencial (além da extensão, medida conforme o tempo interno e relativo da narrativa) é a centrifugacidade, a possibilidade de abrir diversas linhas, de caminhar em múltiplas direções. O romance é um território livre, sem fronteiras, onde cabe tudo.

Eu, pelo contrário, só conseguia escrever estimulado por uma restrição, por uma regra arbitrária, numa direção centrípeta, que é fundamentalmente a do conto — gênero cujas limitações estruturais, inerentes a ele, se manifestam em suas próprias dimensões.

A liberdade de expressão, assim, me constrangia. Para começar uma narrativa, eu precisava de um estímulo cerebral, da emulação de um problema. Por exemplo, *O enigma de Qaf* foi construído para abrigar o texto do enigma, criado antes — não o contrário.

A segunda constatação foi a de que eu tinha agido exatamente assim para escrever *O trono da rainha Jinga*. No princípio, essa história seria apenas mais uma narrativa do *Elegbara*. Mas, como ganhei um concurso de bolsas da Biblioteca Nacional, para composição de um romance, decidi desenvolver o conto primitivo — o que só realizei quando me impus a regra de fazer cada capítulo narrado por uma personagem diferente.

Na prática, cada um desses capítulos era um 'conto' independente, o conto daquele narrador em primeira pessoa, que se encaixava no anterior para compor uma história maior e coesa, mas externa a ele. Tais conclusões, é claro, só amadureceram mais tarde.

A alguns talvez pareça absurda essa maneira de sentir a literatura, porque a arte pressupõe emoção. Eu posso garantir que existe em mim essa emoção; e que ela não é incompatível com uma atitude racional. Aprendi isso na faculdade de Matemática da mesma UFRJ, que cursei antes de ingressar na de Letras: que o pensamento lógico também comove.

A primeira solução que me ocorreu para ampliar *O enigma de Qaf* foi a de acrescentar capítulos intermediários, que não afetassem o fluxo principal da narrativa. Como o narrador era um estudioso de poesia pré-islâmica, imaginei que ele pudesse comparar os poetas reais ao protagonista da novela, como numa espécie de ensaio.

Foi assim que surgiram os *parâmetros*. E logo me dei conta de que eu podia misturar ensaio e ficção, introduzindo modificações, compondo versões pessoais, adulteradas, da lenda daqueles poetas. Esse artifício aumentou meus originais em cerca de 50%.

Minha biblioteca, no entanto, só tinha textos em árabe de 13 poetas beduínos; e a novela, naturalmente, 27 intervalos entre os 28 capítulos. Faltavam 14, portanto, para dar ao livro o equilíbrio e a simetria que o novo plano passara a exigir.

Os 14 *excursos* foram escritos bem mais livremente, do ponto de vista do assunto. Alguns deles aproveitaram personagens árabes tradicionais, como Xerazade e Ali Babá; outros, apenas a paisagem. O objetivo era que o conjunto formasse uma espécie de envoltório mítico e lendário para a narrativa principal, que funcionasse como acordes numa linha melódica.

Esse exercício me deu consciência e aperfeiçoou uma técnica que julguei entrever nas *Mitológicas*, do Lévi-Strauss: a transmutação de histórias pela inversão do valor de mitemas fixos. Por exemplo, a personagem Xerazade das *Mil e uma noites* conta histórias para adiar infinitamente a própria morte; na minha versão, Xerazade é um gênio (ou seja, um não-humano) que, por contar histórias, acaba 'morto', ou seja, eternamente aprisionado.

É bom dizer logo que nem a *Jinga* nem o *Qaf* têm processos absolutamente originais. Não descobri nada, especialmente, no âmbito da arte literária. Conto apenas como foi a gestação desses livros para mostrar como certas técnicas foram se revelando à minha consciência, como aprendi a arte de escrever a partir das dificuldades que os próprios livros me ofereceram.

O enigma de Qaf, acrescido dos *excursos* e dos *parâmetros*, e duplicado de tamanho, já não foi mais apresentado aos mesmos editores — mas a Luciana Villas-Boas, então diretora editorial da Record. Em um mês, eu tinha assinado um contrato de edição.

O livro foi catalogado como romance; foi lido e criticado como romance; concorreu e ganhou prêmios na categoria de romance. Mas o que faz dele um romance — se for mesmo romance — não está propriamente escrito nele: é a sensação que sobrevém do contraste, da comparação tácita (realizada durante a leitura) entre as diversas pequenas histórias de que ele é o mosaico.

Foi esse princípio que empreguei, então já conscientemente, para escrever *O movimento pendular* — que também foi catalogado, lido e premiado como romance, embora seja um arranjo de histórias isoladas, autônomas, que a voz de um narrador encadeia, segundo um princípio externo a elas. É um livro ainda mais radical, desse ponto de vista, pois os contos que estão nele sequer têm o mesmo ambiente: antes, percorrem países de todos os continentes e vão da pré-história ao século 20.

Embora numa proporção menor, a mesma técnica está também n'*O senhor do lado esquerdo*. Nesse romance, que continua a série começada com o *O trono da rainha Jinga*, as histórias autônomas explicam e antecipam o desfecho da narrativa principal. Coisa semelhante acontece n'*A primeira história do mundo*, o terceiro dessa mesma série.

O enigma de Qaf, assim, me deu um método. Mais que isso, talvez: me deu um sinete, uma marca. Mesmo tendo surgido por conta de alguns acasos, mesmo tendo contrariado minhas convicções e meus próprios programas ficcionais, é o livro mais importante da minha carreira, o livro que efetivamente me ensinou esse ofício; e que me deu um público.

Não sei que tipo de escritor eu iria me tornar, sem o acidente da poesia beduína. Felizmente, a literatura é apenas um pedaço da vida, onde essas pequenas coisas nunca fazem diferença.

São do João as histórias deste livro.

Este livro foi composto na tipologia Minion Pro,
em corpo 12/17, e impresso em papel off-white
no Sistema Cameron da Divisão Gráfica da Distribuidora Record.